光尘
LUXOPUS

I,Cosmo

我和
我的人类朋友

[美]卡莉·索罗西亚克 著

朱其芳 译

北京联合出版公司
Beijing United Publishing Co.,Ltd.

献给所有我从前爱过和现在依然深爱的狗，

尤其是拉尔菲、莎莉、

丹尼、巴迪、菲斯、克洛伊、玛丽简和奥斯卡。

"我们要怎么才能分清舞蹈和舞者?"

W.B. 叶芝

目 录

第一章　裂痕　　　　　　　　　　　　　1

第二章　挽救行动　　　　　　　　　　　73

第三章　家庭旅行　　　　　　　　　　　187

第四章　去舞蹈大赛　　　　　　　　　　241

第五章　尾声　　　　　　　　　　　　　291

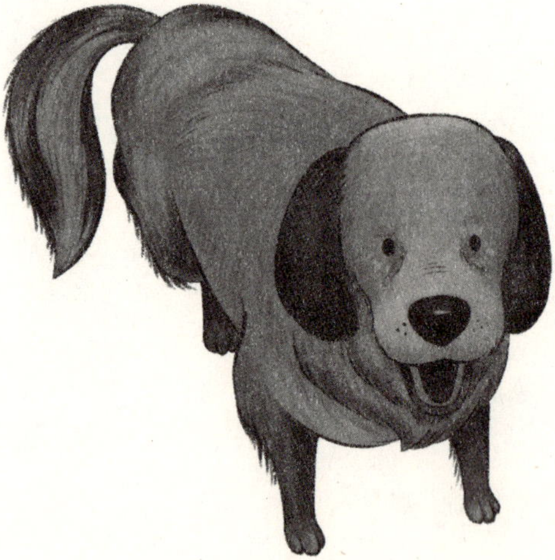

第一章

裂痕

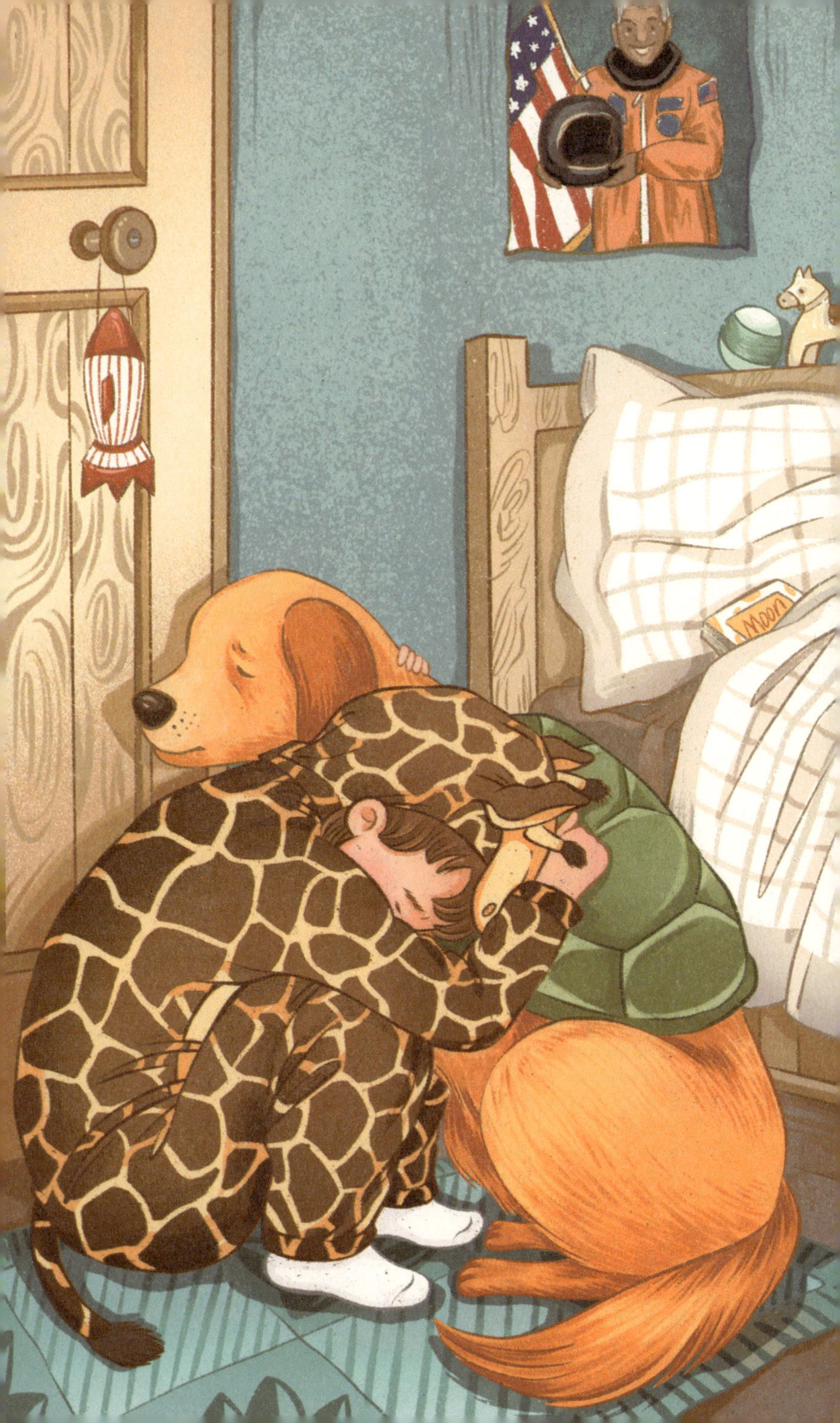
Moon

一

今年我是只乌龟。可是,我不想当乌龟。

"它用腿夹着尾巴。"麦克斯注意到了,抬起头说,他漂亮的脸蛋上满是担忧,"你觉得帽子会太紧吗?"

我们站在门廊上,奇怪的南瓜正朝我们微笑——那是麦克斯在上周刻的,为此他掏空了南瓜瓤。我吃掉了南瓜籽,尽管当时他对我说:不可以,科斯莫,不可以。我发现,在面对闻起来如此诱人,又如此新奇的东西时,我很难克制自己。

麦克斯的父亲(我们叫他爸爸)重新调整了一下我背上的乌龟壳马甲:"不会的,它很好。它很喜欢!你瞧瞧它的样子!"

又来了，这种时刻我经历了无数次，每一次我都希望，自己的舌头别耷拉在嘴巴里。因为我想说话，想用完美的人类语言说：乌龟是低等动物，它们连过马路都不会。而我已经过了许多条马路，不用皮带牵，我自己会走。这套衣服真让我尴尬。

我不知道该怎么办，只好轻轻翻了个身，仰面躺下，四脚朝天，踢着腿。我觉得脊椎嘎吱嘎吱的，一阵疼痛，我已经不像以前那么年轻了。但愿麦克斯能从我的动作里明白我的暗示。

"爸爸，我觉得它其实并不喜欢。"

没错，麦克斯！没错！

爸爸摸着下巴上的胡子，对我说："好吧，好吧，不戴帽子，但你得背着乌龟壳。"

就这样，我打了一场小小的胜仗。

这时，艾玛琳冲进了门廊。她活力十足，容光焕发。"科斯莫噢噢噢噢。"她的小手抚弄着我的耳朵，这提醒了我为什么一开始会被打扮成乌龟——因为是艾玛琳选的角色，这让她很高兴。逗她开心是我早就接受的一项任务。

麦克斯拉起艾玛琳的手,让她转了一圈,就像在跳舞一样。紫色的超人披风随着她的动作旋转着。上一周,我帮着妈妈做了这件服饰,我负责守护布料,在她脚边放哨。妈妈时常会举起正在做的披风,问我:"你觉得怎么样,科斯莫?"

好极了,我用眼神告诉她,这好极了。

"我们是不是应该等一下妈妈?"麦克斯问。他穿着深色的衣服,衬衫上打着补丁,我猜他是一头奶牛或者长颈鹿,但我不想把他当成那两种动物。长颈鹿特别蠢,但麦克斯非常、非常聪明。他可以说三种语言,能做火箭模型,还会把舌头叠成四叶草状。他甚至能够拧开花生酱的盖子。我倒想看看长颈鹿能不能那么做。

爸爸回答:"她迟到了。你们不想错过所有好吃的糖果吧?"

麦克斯说:"我只是觉得……"

但是爸爸打断了他:"准备好,弗雷迪[①]!"他很喜欢说这句话,尽管麦克斯其实不叫弗雷迪。过

[①] 一套畅销儿童小说的主人公。

了一会儿，我们四个动身走进浅蓝的夜色里。我们的房子是单层的砖石建筑，配有大片草坪和成套秋千。秋千现在只有艾玛琳会去坐。一排纸灯笼沿着车道悬挂，照亮了死胡同。

我脖子背后的毛开始竖起来。

万圣节是一年中最糟糕的夜晚。如果你不同意，请花些时间想一想我的逻辑：

1. 大多数万圣节的糖果都是巧克力。在过第四个万圣节的时候，我吃了六块迷你的好时巧克力棒，立马被送去了兽医那儿急救。我在那里待了四个小时，肚子痛极了。

2. 人类幼崽会从灌木丛后面跳出来，大喊："啵！"这令我很困惑，因为我最好的朋友，一条德国短毛指示犬，名字就叫波尔。

3. 小丑。

4. 金毛猎犬，比如我自己，是非常高贵的，不应该穿万圣节服饰。必要的时候，我勉强同意穿上雨衣，但我对穿什么是有底线的。比如，妈妈曾经给我买过一件猫的服饰，这让我的心灵遭受了重创，至今都没有彻底恢复。

5.牧羊犬被放出来了。

让我详细说一说第五点吧。我从来不喜欢打斗——哪怕当我还是条小狗的时候。但遇上牧羊犬是个例外。

五年前的万圣节，在跟今晚一样的夜里，麦克斯和我来到街道尽头的一座白色木瓦房附近。一辆大块头的货车停在信箱边上，两扇打开的窗户里传出了烤鸡的香味。我马上就知道，我们有新邻居了——因为老邻居只吃牛肉。街道上一片诡异的安静，一朵乌云飘过来，遮住了月亮。牧羊犬突然从他们前院的一棵大橡树背后出现，速度快到我甚至都没看见它过来。它穿着恶俗的粉色芭蕾裙，还戴着仙女翅膀，灰白色的毛发根根竖起。

我的第一反应是同情——面对同样的被装扮的命运，我们俩都屈服了，不是吗？穿着兔子装的我开始小步跑动，一心想对它同情地行个礼，然后友好地嗅一嗅它的屁股，欢迎它加入这个社区。但接下来发生的事情并不友好。在我十三年的狗生中，从来没碰见过这样的家伙。

牧羊犬龇牙咧嘴，直接冲我发出威胁的咆哮……我发誓它的眼睛发着红光。

我吓坏了。

能真正吓到我的东西很少，比如：坐在小货车后面的旅行、真空吸尘器（那声音、那刺鼻的气味，还有东西消失在机器里的样子），以及每一次麦克斯或者艾玛琳遇到危险的情景。那天晚上，当牧羊犬目露凶光，朝我的方向瞥了最后一眼，耳朵直直竖起，门牙一闪一闪，我便在自己的恐惧清单上多加了一样东西。

在此之前，我十分骄傲，因为我知道社区里所有狗的名字。名字代表着某种含义：它们是我们向世界展示自己的方式。就拿"科斯莫"来举例，妈妈曾经解释过，科斯莫的意思是"宇宙的"，然后她指着上方的天空，而麦克斯则拿出了他那可以近距离看星星的长金属管。这让我觉得自己很重要，仿佛我属于比自身更庞大的某样东西。对那些名叫"松糕""史酷比"或者"饼干"的狗，我抱有强烈的同情。有这种名字，它们怎么高兴得起来？对于牧羊犬，我选择直接用它的品种来称呼它。我不想去给自己的恐惧命名。

牧羊犬通常被关在木栅栏后面，但每到万圣节，它会被放出来迎接要糖果的孩子。

我必须面对它。

艾玛琳蹦蹦跳跳地走在我们前面，发光的运动鞋在人行道上投下影子。我在麦克斯身边小步慢跑，他松松地牵着我的狗绳。夜晚很凉爽，但也不太冷，是人类口中"适合穿毛衣的天气"。一阵微风拂过我的软毛，带来各种美妙的气味。苹果派！松鼠！烂树叶！我立马忘记了牧羊犬和自己身上的尴尬服饰，沉浸在气味里，疯狂摇着尾巴。我把鼻子贴在地上，几乎一下就闻到了它——这是什么？玉米糖！

"科斯莫。"麦克斯说着，轻轻摇了摇我的绳子，"放下，它会让你把胃吃坏的。"

但我太喜欢玉米糖的味道了，人行道也把它衬得太过可爱，所以我做了第二次尝试。在我的舌头差点儿将糖从地上舔起时，我被人朝另一个方向拉去。

麦克斯低头瞥了我一眼，加快步伐。"抱歉，科斯莫。回家我给你吃饼干，好不好？"

我相信麦克斯说话算话，于是低下头，跟着他走在铺了砖的小路上。路边有两位女士坐在门廊上，身穿黑裙子，头戴尖帽子。玻璃大门后面，一条名叫"蟋蟀"的马尔济斯犬正歇斯底里地叫着。我对小型犬耐心有限。麦克斯和艾玛琳去学校的时候，我常在家看探索频道。据电视上说，所有狗类都是狼的后代。可是瞧瞧"蟋蟀"那副样子，勉强才到我膝盖高，我对那项研究的真实性表示质疑。

"噢，"一位女士低声说着，往艾玛琳的塑料南瓜里放了一根棒棒糖，"是谁来拜访我们啦？一位超人和一头长颈鹿吗？"

一头长颈鹿！我就知道！

麦克斯盯着自己的脚趾——我轻轻推了推他的手掌，将鼻子塞进他的掌心。我这么做是想提醒他，我在这里。周围人很多的时候，麦克斯拒绝开口说话，他的心怦怦直跳。

"哦，我的天哪，"第二位女士发现了我，说，"还有一只乌龟！科斯莫，你是一只乌龟！快过来，孩子，过来。"她拍拍自己的膝盖，仿佛我打算跳上去似的。显然，她没听说过我的关节炎。这两年，我关节酸痛，是一种让我反复舔膝盖的火辣辣的疼。不过出于对邻居的责任感，我稍微给了她一些面子，哪怕我觉得 —— 只是有一点儿觉得 —— 她似乎在嘲笑我。她的手指沾着香气，是小香肠 —— 是妈妈会在节假日用酥皮面团包起来，放进烤箱里的那一种。去年圣诞，趁爸爸没注意他的餐盘，我狼吞虎咽地吃了七个。现在我仍然能回想起，香肠从我喉咙滑下去的滋味：它暖暖的、咸咸的、椭圆形的。那是我狗生中排名第四好的日子。

"今年来要糖的孩子不少吧？"爸爸问两位女士。他将手插进牛仔裤的口袋。

"哦，非常多！"答话人声音刺耳，"我们招待了许多幽灵、几位海盗、一个牛油果……而且时间还早，夜还年轻！"

这个表达并不合理。夜晚怎么会年轻呢？

年老、年轻。通常，我很精通年纪的事情。艾玛琳五岁，麦克斯十二岁，而我十三岁 —— 换算成人类的年纪，是八十二岁。在我们社区里，只有一条狗比我老：一条黄色的拉布拉多犬，名叫彼得，后腿上绑着一辆小车，帮助它成功站立。

我听说过狗尿布，还有人为能延长寿命的药片。我对这些选项不感兴趣。但我也知道，作为家里年纪最大的一员，我需要尽一切可能，陪伴他们越久越好。

好在我还能活很长日子。

我们离开门廊。孩子们在街上咯咯地笑着，家长们打着手电筒追赶他们。我们把这一过程重复了许多回：拜访邻居，讨要食物。我一直觉得这事很有意思。我在餐厅的桌子下面，把鼻子挤进人们膝盖中间乞食时，结果各不相同。有时候，麦克斯会撕下三明治的一角递给我，让我在他盘子里舔一舔肉汁。其他时候，爸爸则会斥责我说："不行，出去。"我被赶到客厅，自怨自艾地嚼着绳索玩具。人类各有各的规矩。

我开始放慢速度，呼吸也更加艰难——我们到这儿了，到了牧羊犬的狗屋前。我毛发直竖。

但那条恶犬哪儿去了？我看不到它！我甚至都闻不到它的气味！

麦克斯见我呜呜直叫,问道:"怎么了,科斯莫?"

怎么了?他肯定是被长颈鹿服饰传染了愚蠢的长颈鹿智商。这当然很明显:牧羊犬在策划什么阴谋!

艾玛琳吸了一口气,又呼出来。"我累了,爸爸。"她的斗篷拖在人行道上,底部沾着脆脆的叶子。

"你们想回家吗?"爸爸问,"你们的小桶已经很满了。"

牧羊犬!为什么没有人在意牧羊犬的事情?

麦克斯说:"看艾玛琳想不想回家。我拿的糖果都够吃一年的了。"

这是什么情况?他们三个要掉头回家了。不行!我爪子扒地,拒绝挪动。如果牧羊犬正在策划阴谋,肯定得阻止它。

麦克斯拽着我的狗绳:"科斯莫,快点儿,拜托。"

不。

爸爸说:"科斯莫,走了。"

不。

艾玛琳把手放到我背上:"科斯莫噢。"

最终,爸爸接过绳子一拉,很慢但很用力,我被迫离开了牧羊犬的狗屋。窗户在秋夜里亮着昏黄的灯光。等一下，等一下！在最后的几秒钟，我抬起腿，直接在它的院子里撒了泡尿——作为一个信号、一个警告——我看穿你了。

我离开了，虽然有点儿紧张，但基本上还是满意的。

回到家，按照约定，我得到了一块饼干。艾玛琳和麦克斯在客厅地板上分糖果：棒棒糖一堆、巧克力一堆、没人喜欢的糖一堆。"讨厌。"艾玛琳说着，把一盒葡萄干扔到一边。她摇着头，黑色的鬈发前后晃动："讨厌，讨厌，讨厌。"

我在沙发上看着他们。现在我已经很难爬上沙发了，有时候得试好几次，有时候会尴尬地摔好几下。很久以前，我是不允许上家具的，真是搞不懂——我的狗床难道不是用类似的材料做的吗？为什么我可以上狗床，却不许躺在别的家具上面？最后，爸爸放弃了"沙发运动"，靠垫上开始印出我身体的轮廓。我学到了坚持就是力量。

电视机开着作为背景音。一只会说话的黑猫迈着步子穿过屏幕。为什么猫总是能在电视上说话？

会说话的狗都去哪儿了？电影《飞屋环游记》①里的狗会说话，但是必须借助翻译颈圈。莱西②，电视上有史以来最著名的狗，只会汪汪叫。就在我对这种不公平的现象感到困惑时，后门被猛地一摔。那是故意的，动静大极了。然后，说话声开始传来。

妈妈在厨房里咆哮："大卫，你真的那样做了？"

"什么？"爸爸说。

"你应该等我回来的！我告诉过你我要晚下班的！我甚至都没看到孩子们穿万圣节服装……"

"他们还穿着呢。"

"我是说，跟他们去外面社区讨要糖果。我应该跟你们一起去的，记得吗？还是你又顺便忘记了？"

"那不公平，你迟到了。"

妈妈双手一摊："我告诉过你我要晚到，所以我才要让你等我！"

我不喜欢他们彼此说话的方式，在沙发上朝他们露出了一个不赞同的表情。他们难道看不出来

---

① 皮克斯动画工作室制作的首部3D动画电影，2009年于美国上映。
② 《神犬莱西》是1954年9月12日首播的美国电视系列剧，1954—1973年播出，共591集。

吗？他们那拔高的声音毁了麦克斯和艾玛琳原本快乐的心情。艾玛琳慢慢缩到一边，脑袋搁在葡萄干旁的地毯上，而麦克斯则抱紧了膝盖。

"那我们就……"爸爸说，"那我们就拍张照，好吧？那是你想要的，不是吗？"

"我想要的？你并不在乎我想要什么。"

但后来我们还是拍了照，四人一狗挤在壁炉边，对着一台小照相机微笑。过了一会儿，一道闪光充满房间。麦克斯立马说："好了，我想我要去睡觉了。"

妈妈期盼地看着他："你不想再晚一点儿睡吗？跟我一起看《女巫一族》[①]怎么样？"

"我……我有些累了。"

"哦，"妈妈说，"当然，好吧，晚安，甜心。"

"晚安。"他吻了吻艾玛琳的额头，"晚安，嗯。"

我和每天晚上一样，跟着麦克斯去了他的卧室。墙上张贴的星空海报俯视着我们。还有一张圭恩·布鲁福德（第一位进太空的非裔美国人）的大

---

① 美国奇幻家庭喜剧片，1998年上映。

幅照片。从20世纪80年代初开始,他执行了四次航天飞行任务。我之所以知道这些,是因为麦克斯会跟我分享,成为一名宇航员是他的梦想。

我蜷缩在他的床边,脑袋枕在爪子上,心里很不安。情况不太对。我听说过,狗可以感觉到离岸数英里的飓风和海啸。我现在就是类似的感受。

麦克斯关上门,突然泪流不止。

是在哭吗?

麦克斯很少哭。除非他从自行车上摔下来,或者在一块冰上滑倒,或者……

我没时间思考。我立即行动,尽快站起身,朝他冲过去。他背靠墙壁往下滑,瘫坐在地。我舔了舔他的脸、他的耳朵、他的手指。我把头挤进他手里,嘴巴搁在他肩膀上。他的胳臂颤抖着环抱住我,对着我的耳朵低语:"永远别离开我,科斯莫。永远别离开我,好不好?"

我为什么要离开?我为什么要离开麦克斯?

作为回应,我用鼻子更紧地贴住了他。

我们就这么依偎了很久、很久。

二

十三年前,我出生在南加利福尼亚美特尔海滩附近的一座车库里。我对童年生活没什么大印象,只记得我爪子下面的纸箱子和兄弟姐妹们的呜呜声。它们老是把我从食盆前挤开。

我还记得我遇到爸爸和妈妈的那一天。在当时,他们叫作佐拉·沃克和大卫·沃克。

那是初春里一个淡蓝色的早晨,那个换纸箱子的男人斜靠在我们狗圈的门上,指着我前爪上一根长长的脚趾:"看到这个了吗?它的脚是内八字的。我记得它的姐妹们都是赛级犬的品质,但是它,我可以打对折。"

佐拉往里瞥了一眼。她脑袋圆圆的,黑发卷卷的，目光很友善。她身上的味道当时我还叫不出名字，但后来我知道，那是迷迭香肥皂和苹果的香味。

我舔了舔她的手背，一半是打招呼，一半是为了确认那个味道。

"它真是个小甜心！"她温柔地低语。

"你确定你不想买其他的小母狗吗？"大卫问。我第一次抬起头看他，一眼就觉得他有点像西班牙猎犬，软塌塌的棕毛贴在他白白的额头前。我不知道他在生什么气。不过，这个品种的狗，鼻子两侧会逐渐变窄。

"我确定。"佐拉说。

那天我和他们一起回了家，来到北加利福尼亚的一个宁静社区，那儿有他们牧场式的房屋。我紧张极了，四小时的车程里，我吐了两次。佐拉用温水和迷迭香肥皂在浴室里替我洗了澡，她轻声说：小科斯莫，一切都会好的。的确如此。我们在一起的第一年里，我陪伴着肚子越来越大的佐拉，还学习了几个指令，欣赏了地毯和草地的不同——其实，地毯上很适合放松自我。

没多久，麦克斯就来了。

在他出生三天后，大卫抱着麦克斯，蹲到客厅地板上，凑在我身边说："现在你是个大哥哥了，科斯莫。你能胜任吗？"

我能吗？

我嗅了嗅麦克斯的小脸，迷惑不解。也许我天真地以为，人类出生时是全身一团毛的，随着年龄渐长，才会褪去外面那层毛。但是，除了脑袋上的几缕毛，麦克斯棕色的肌肤非常光洁。

大哥哥。当麦克斯慢慢睁开眼睛，我意识到自己肩负重任。那双眼睛晶莹剔透，饱含情感，我只能用"钦佩"来形容。他完美极了，我立刻就爱上了他。

是的。是的，我能胜任。

我用一声短促却意味深长的汪汪叫表达了自己的意思。大卫拉过麦克斯的一只手，顺了顺我脖子后面皱巴巴的毛。他从来没这么干过。我把这视作我们之间的协议。我会保护麦克斯，而作为回报，大卫会爱我。那一刻，我们成了一家人。

之后的十二年里，我学会了一个词：执着。它意味着"坚持不懈、全力以赴"。人类把这个词归结于狗的固执——我们拒绝放弃耐嚼的棒子，下雨天也会在门口挨冻。但这的确是我们表达爱的方式，无论是怎样的情况，我们都会全心全意去爱。

我发誓要保护麦克斯，还有我的其他家人们——执着地去保护，用我往后的余生。

三

万圣节第二天的早上,麦克斯醒得很早。我听到他掀开被子,蹑手蹑脚地走过门厅去浴室。水哗哗地流过管子。

当我还是一只小狗的时候,我很喜欢早晨。那年圣诞我是一条幼犬,一听到动静就会跳起来,去舔爸爸妈妈熟睡的脸,对着后门汪汪叫——要出去,要出去,要出去!最终,爸爸会向我投降,咕哝着:"好吧,好吧,科斯莫。"我们迅速穿过挂了露珠的草地,看着阳光洒在社区里。而现在,我动作比较迟缓,今天甚至连骨头都在酸疼。

我小心翼翼地站起来,伸展后腿,谨慎地走了几步,跳下我舒适的床。妈妈还在我床上喷了花香喷雾。人类对动物的气味有偏见——总是试图用其他味道掩盖它们,可那些味道完全没有动物的气味好。我的看法是这样的:因为人类是在洗手间里上厕所,而不是在户外,所以他们没什么尿液可以去标记领土。花香喷雾是可悲的替代品。

更多声音传来:马桶的冲水声、闹钟的嗡嗡声、妈妈的呢喃声。

食物。这个念头的确令我心动。我能骄傲地说,自己很少被低级冲动驱使,但我发现——除了车库门的开和关以外——正餐是最好的报时器。我的一天被分割成好几段:一系列的活动后,麦克斯会离开家,然后再从学校回家。我很向往夏天,那时候我们不用分别,可以在湖边共度漫漫长日,取棍子、烤汉堡、在码头跳水,一身轻松,无忧无虑。

妈妈把头探进麦克斯的房间,朝我的方向瞥了一眼:"早上好。"

我摇着尾巴,试图爬过去,在硬木地板上微微滑动,用指甲轻轻敲击地面。我喜欢这家里每一个人对我说话的方式——就好像我也是人类一样。有些狗的主人只会发号施令:坐下!别动!去拉屎!

而不会跟它们对话,不会把它们当人。

你有试过听从命令去拉屎吗?那可不简单!那可不简单。

"好孩子。"妈妈说着蹲下来,伸手摸摸我的鼻子。据说我的鼻子几乎是纯白的。"没错,你真是条好狗狗。你睡得怎么样啊?"她亲了亲我的头顶,我跟在她身后走进厨房。厨房里残留着某种气息。紧张、焦虑、悲伤。我打赌人类不知道情绪也有独特的气味。然而在这段时间,我只能闻到这些气味。

食盆被放出来,我迅速吃掉了我的狗粮——紧接着还有一勺花生酱。趁妈妈转过身,我舔掉嘴巴上的花生酱,咔嗒咔嗒地去取圆润光滑的维生素片——那是我偷偷藏在碗柜和冰箱缝隙深处的东西。随后,艾玛琳摇摇摆摆地走进厨房,仍然穿着她的连袜睡衣。妈妈匆忙递给她一碗麦片圈[①]。通常来说,我和艾玛琳是同时被喂饭的。

我注意到:今天早上,一切都急急忙忙的。一切都发生得太快了。麦克斯突然冲进厨房,头发还

[①] 美国人常吃的早餐。

湿漉漉的。而且他几乎都没说再见，就去赶黄色的大巴士了。爸爸从冰箱里抓起一盒剩下的意大利面，什么都没说也走了。妈妈挥挥手，让我去后院。我闲逛了一会儿，处理自己的事情，然后几乎马上就被叫回了屋里。这令我非常失望，因为有几处地方闻起来很有意思，我想去探索一下：一堆树叶下面的腐烂物、空气里的烟、草地上的一块黄渍——可能是我自己留下的，也可能不是。

我开始感到焦虑。

随后，妈妈说："今天乖一点儿，好不好，科斯莫？"她关上大门，艾玛琳跟在她身后。麦克斯在书房里替我开着电视，对此我始终心怀感激。没有电视的日子就仿佛没有氧气：我被迫在房子里漫无目的地游走，屋里唯一的动静只有我爪子摩擦地板的声音以及不时响起的电话铃声。我用睡觉打发时间，然后昏昏沉沉地醒来，决定给自己找点乐子，随便什么都行。通常，过了第一周，我就对狗嚼玩具失去了兴趣。家里也没有猫能陪我玩儿。浴室的门始终是关着的，因为许多年前我第一次进去时，发现厕纸很好玩儿，在狂欢中抽出了一张又一张。

现在，看电视是我唯一的乐趣。

麦克斯换了好几个频道，给我多种选择。新闻是我最不爱看的。我不明白人类是怎么忍受它的，或者，坦白说，我也不懂人类是怎么忍受彼此的。有时候，似乎全世界充满了做坏事的人（当然，我的家人是例外）。探索频道比较符合我的喜好：阿拉斯加的荒野，在极限环境中生存，还有比我个头儿更大的鱼！但我必须承认，我最爱的频道是特纳经典电影频道（Turner Classic Movies）。

正是在这个频道，我第一次看到了《油脂》。

那是冬末的一个周五晚上，我的家人从杂货店隔壁的餐厅点了比萨：三块大比萨，放了辣肉肠和香肠，还额外加了奶酪。我们五个走进书房，我灵机一动，尽量往靠近比萨的地方坐，经过坚持不懈的努力和偷偷摸摸的行动，我多吃了好几块比萨皮。

"哦，换回去，那个频道！"妈妈突然说。

"这个吗？"麦克斯问。

"没错！我好久没看《油脂》了。相信我，你会喜欢的。"

我的确喜欢。非常、非常喜欢。

《油脂》是一部电影杰作，里面的歌曲棒极了，包括《你是我想要的那个人》和《我们一起走》。屏幕上没有狗，但是我并不介意，因为它拍出了人类身上我爱的一切：热情、舞步和坚韧的心。人类身上最复杂的地方就是他们的心。这是我从桑迪和丹尼身上学到的。他们是《油脂》的男女主角，分开之后又重新走到一起。第一次看完后，我觉得全身轻飘飘的。我尽量克制着，不表现得太兴奋、太反常。但在睡觉之前，我把鼻子伸进我的水盆里面，喷了好几次鼻息，看着水泡泡飞溅起来——也许，我显然喜出望外，无比高兴。那一晚，我很快就睡着了。梦里，我梦见了舞蹈。

在某些方面，我从不曾真正停下过。

四

嫉妒并非我的天性。但是，我认识的一些狗，会因为跟人类相比能力有限，感到极为沮丧。这不是你的错，我告诉它们，你没有拇指能拿电视遥控器，也没有巧舌能开口说话。不过，狗仍然有许多强过人类的地方。

举个很好的例子：我从来没见过哪个人会趴下来，用脸贴着地面，试图去追踪一种气味。人类的鼻子比我们差劲多了。虽然我不是警犬，但无论在哪里，我都能辨认出麦克斯的气息。我可以跟着他脚印的气味穿越撒满落叶的森林。如果你需要更多的证据，也请想想《杀死一只知更鸟》——这本书麦克斯去年夏天读过。做这么简单的任务，没有狗会去查说明书！我要澄清一点，我从来没有杀死过知更鸟，这么说只是为了方便讨论。让我们做这么简单的事情，可真是太小瞧狗了：只需要追踪气味，把鸟放进嘴里，闭上嘴就行。

狗还在以下几方面高人一等：我们能比人类更早意识到危险——他们否认一切的本领太、太、太强了。我们乐于原谅，很少记仇。我们不会隐瞒内心的感受，装出另一副样子，比如，人类往往会在自己一点儿都不好的时候，说"我很好"。

我只在两个方面羡慕人类。

第一，人类家庭永远团结在一起，共同经历风风雨雨，有福同享有难同当，因为爱令他们紧密相连。虽然我觉得自己跟艾玛琳和麦克斯一样，是沃克家的一分子……但我仍然希望能认识我的兄弟姐妹，希望我能知道自己的妈妈是谁——我对妈妈的印象太模糊了。

第二，就是跳舞。

哪怕他们会犯各种错误，但是他们能够跳舞。

早些年，爸爸妈妈会打开爵士乐，光着脚在厨房地板上跳舞。他们双手交握，左右摇摆，时不时地转着身,我在一边看呆了。他们怎么能旋转得如此顺畅?他们怎么能下腰下成那样?作为一条狗,我的本能反应是将他们分开,因为在野外,很少有动物挨在一起不打架的。于是我扭动身子挤进他们的腿间,撞着他们的膝盖,踩着他们的脚趾。

但是,他们仍然在跳舞。

有时候,爸爸妈妈在晚上会消失许久,然后拖着疲惫的双脚跌跌撞撞地回家。"你真该见见我们当时的样子。"他们会这么说,然后描述每个细节:歌曲、氛围、舞步。

直到麦克斯和艾玛琳出生以后,事情才终于豁然开朗。我第一次深深顿悟,舞蹈是灵魂的延伸。虽然我常常夸大其词,但我必须要说——毫不夸张,也不添油加醋——舞蹈之夜改变了我的家庭。爸爸妈妈开始待在家里,他们卷起客厅的地毯,四个人一起跳跃、旋转、举着双手,整个房子充满强劲的音乐。在其他地方,麦克斯很害羞,但是在客厅里,他会走"之"字形舞步、左摇右摆、跳来跳去。

他——这就是他!

"科斯莫,"他总是会在跳到兴头上的时候喊我,"过来!"

作为回应,我慢慢往后退,悄悄溜上了沙发。当我习惯了奔跑(比如在遛狗的公园里追一个网球,或者冲出院子去追麦克斯的校车),我感受到一种无拘无束的自由,仿佛自己可以就这么穿越天空似的。与这种感觉最接近的,就是我在见证那一个个舞蹈之夜时、观看《油脂》这部电影时内心的感受。我知道自己的缺陷。尤其是现在,我的关节和骨头绝对做不到长时间后腿站立、优雅地转圈圈,并毫不费力地从一个地方跳到另一个地方。

我能做的,只有做梦。那,就做梦吧。

五

十一月初很快就过去了,接下来的几周棒极了,万圣节事件仿佛从未发生——厨房中的悲伤气息蒸发不见——爸爸妈妈不再高声说话。麦克斯忙着给一个科学展览制作火箭,它能射入两百英尺的高空,直接飞进他酷爱的群星里。天气暖得出乎意料,我和艾玛琳整个下午都在落叶堆里跳来跳去,傻傻地大笑。周末,爸爸做了早饭——香蕉煎饼、煎蛋、培根——麦克斯偷偷分给我一点儿,我狼吞虎咽地吃了。有时候,我会省下半条培根,藏到沙发后面,等雨天吃。因为你永远都不知道,雨天什么候会来。

感恩节前一晚,我感觉到了变化。是那种飓风将至的预感，仿佛有什么东西在地平线上颤抖。事情从餐桌开始——艾玛琳和麦克斯正在桌上勾勒着手的形状，打算用彩色美术纸组装火鸡。我把脑袋搁上麦克斯的膝盖，迫切希望他能注意到我。

"小滑头。"他说道，笑着低头瞥了我一眼。他放下火鸡（活该，蠢鸟！），正要伸手摸摸我背上的粗毛，却被打断了——妈妈冲进后门，在桌子上扔下十包装着食品杂货的塑料袋，发出"砰"的巨响。

"大卫！"她喊道。

爸爸跑出书房，头发翘着，"怎么了？"

"我刚刚接到你母亲的电话，说她和史蒂夫要来过感恩节？怎么回事？"

"爷爷奶奶要来？"艾玛琳开心地叫起来，对妈妈的怒火毫无察觉。

麦克斯一只手放在她的手上，摇了摇头。人类的大部分沟通都无须言语，也许，这正是我跟他们如此亲近的一部分原因：我也依靠肢体语言来表达。

"是我邀请他们的。"爸爸说，声音很严厉，"我有权这么做，不是吗？"

"你当然有，但你说过你不请他们的，我只买了四个人的食物……"

"那我们就再出去多买一点儿。"

"这不是重点。"妈妈说,"而且商店挤得跟动物园一样。"

"好吧,"爸爸说着伸出手,"我去。把钥匙给我。"

"不,我……"

"我去。"

我知道语调是有含义的。简单的话也会变得刺耳,这取决于你说话的方式。

麦克斯轻轻拉了拉我的项圈,艾玛琳的小手紧紧抓着他的手。我们三个朝他的卧室走去,尽可能不发出任何声音——他关上了门。

通常,我没法从地上跳到床上。麦克斯不够强壮,举不起我。据兽医说,我体重有九十四磅——在我的同类之中,我超重了。不过,在特殊的时候,麦克斯会取来一架小梯子。现在,他用胳臂引导我的后腿爬上台阶,我滑进了一堆被褥里。

"好啦,"他说,"就是这样。"

突然间,我几乎忘了爸爸妈妈在厨房里的争吵——因为,瞧瞧我!瞧瞧我,蜷缩在羽绒被里,简直幸福到极点！我的尾巴控制不住地摇摆起来。

艾玛琳也滚上了床，脑袋窝在我的前爪中间。"科斯莫，"她轻声说，往上盯着我的下颌，"从下面看，你真滑稽。"我注意到我们的姿势，发现这是舔她鼻子的好机会。于是我这么做了。在我的舌头下，她的鼻子干燥又温暖，我觉得有点可惜：艾玛琳永远不会知道，顶着湿漉漉的鼻子穿过新修剪的草地，或者迎风抬起冷冰冰的鼻子，是多么快乐的事情。

她尖叫着，从我身下扭开。

在房间的角落里，麦克斯抓过他的笔记本电脑。在过去几年里，我越来越频繁地听到这个词，因为麦克斯总是会用电脑屏幕看星星的照片。有时候，他会指着发光的小点儿告诉我一些名字，比如猎户星座和大犬星座。我始终坐得笔直，这样才能全神贯注地聆听他的话。现在，他竖起笔记本电脑屏幕，给我们看。艾玛琳伸出脚，脚踝上的蓝色袜子滑落了一半。

"那些是云朵吗？"她指着屏幕上的几个旋涡问。

"是的。"麦克斯轻声说，"是从上面看。这是宇航员们在国际空间站里看到的场景。"

厨房里，爸爸妈妈的声音不断拔高，让我非常不安，想要撒尿。我一感到焦虑就会这样，哪怕我刚刚出去尿过。我很少在屋子里撒尿，如果在地上留下一摊摊小尿水，真是无比尴尬和羞耻。于是我将注意力集中到其他东西上：温暖的毯子、旋转的吊扇，还有麦克斯房间里令人舒适的气息——薄荷、青草和他身上的味道。我想到了意大利面大餐和更多的意大利面，还有那些家庭舞蹈之夜，尽管现在他们再也不跳了。

麦克斯叹了口气。艾玛琳拖着脚走过来，把头靠在他肩上。

我屏住了尿意。

这是我唯一能为他们做的事情。

六

感恩节的早上是阴雨天。麦克斯撑着一把大伞，带我迅速走过街区，想在爷爷奶奶抵达之前遛完狗。我们踩着人行道上的水坑，四周都是火鸡的香味。

火鸡是我最爱的食物，但很少会有人来问我关于节日大餐的意见。在感恩节、复活节和圣诞节这种场合，我要遵守的规矩很简单：别乱叫，别吃任何没让我吃的东西；如果我们在旅行时遇到一只猫，别去逗弄它。麦克斯是唯一关心我口味的人。他甚至能说出我最喜爱的几样节日美食：火鸡腿（多汁多肉、美味可口）、火鸡内脏（很有嚼劲、好吃极了），以及那些包裹着油酥面皮的小香肠。

想着那些美食，我开始流口水。但我继续向前，爪子迅速扒着地面,直到我们走进一片小松树林。麦克斯拉着我的狗绳,让我停下。我们脚下的大地很松软,走上去扑哧扑哧作响。

"我可以跟你讲个秘密吗?"他问,一只手插在口袋里。我希望这个秘密是:我的牛仔裤里藏着一块饼干。于是我告诉他:永远可以!他把重心从一只脚换到另一只脚,运动鞋在松针堆里越辗越深。世界突然变得十分安静——只剩下我们的呼吸、淤泥和雨滴。我竖起耳朵,歪着头。

麦克斯脱口而出:"如果可以的话,我不想过今年的感恩节。"

我试图弄明白他话里的意思。谁会不想过感恩节呢?尤其是感恩节还有火鸡吃!香肠,麦克斯!他肯定记得香肠!

"就是……"他的声音越来越轻,"就是……一切好像越变越糟,爸爸妈妈在其他人面前假装很快乐,但我知道他们并不开心,不怎么开心。"

他这么一解释,我就开始明白了。我用鼻子不断拱着他的掌心,表示我在这里。如果我能说话,我会把很多年前爸爸妈妈跳舞的情景告诉他。他们光着脚、转着圈,厨房里放着爵士乐。我会告诉他,我也很想念我们的那些舞蹈之夜。虽然我从来没有用爪子或腿参与过,但是我喜欢看我的家人们跳舞,看他们滑行、旋转,充分展示他们的个性。还有麦克斯,我的麦克斯——他看起来是那么英勇无畏。在那些夜晚,我们会吃软软的比萨,打开所有的窗户,熬着夜直到松鼠都睡了,直到嗡嗡的小虫从地下洞穴爬出。

我的家人已经很久没有那样跳过舞了,久到我不愿意承认。现在,爸爸妈妈会因为无关紧要的人类琐事吵架。他们会争论垃圾桶的问题、浴室漏水的管道和"欠账",但我不明白——无论怎样都想不明白——前掌?鸭子的前掌怎么就跟我家人扯上关系了?通常来说,鸭子们无聊透顶。

麦克斯用运动鞋的鞋尖戳着泥土,仿佛下面藏着一只尖叫玩具。"也许你不知道这事。"他说,"但是雷吉舅舅——你还记得他吗?他本来应该能赶上过感恩节的,但现在得再晚两天回来。因为这事,妈妈非常难过。她没有告诉我,但是我知道。我听见她哭了,又听见了。"

我是头一回听说这事。通常,我很擅长跟踪我的家人,对他们的计划和情绪了如指掌。但偶尔还是会有我意料之外的门铃声、出现在垫子上的陌生鞋子以及鞋子里穿着的袜子。你可以从袜子的味道里了解一个人的许多信息:饮食习惯、洗澡习惯,心情是开心还是紧张。我从来没忘记过任何一双袜子的气味。我只在小时候见过妈妈的兄弟——雷吉舅舅,但是我内心深处仍然记得他的气味:泥土和燕麦,他指尖的汉堡香味,还有人类抹遍全身、令他们肌肤更加光洁顺滑的润肤乳的香气。

我也记得他的头发。我当时年纪小,不懂事,啃过那拧成一缕缕的黑色长发。他被逗得哈哈大笑,仿佛肚子里装了弹簧——然后让我去轻咬他的头发末梢。"这是个不服管教的小捣蛋。"他告诉妈妈。他肯定有一部分斗牛犬血统,笑起来嘴咧得很大、很友善。

"你们一定要好好养它。"他说。

妈妈说:"我们会的。"

第二天,雷吉舅舅消失了,我再也没见到他的鞋和袜子。有时候,我能听到他的声音从房子里的物件中传出来（比如麦克斯的笔记本电脑和客厅里响个不停的电话机），我总是会怀疑，这是不是我的幻觉。是我太喜欢他的气味，所以想起了他的声音吗？

"不管怎样，"麦克斯说着摇摇头，雨水淅淅沥沥地打在伞上，"可能我们该回家了。去拉屎吧，科斯莫，拜托。"

我们的对话不该终止——不该停在这儿。麦克斯需要倾诉，我能很清楚地感觉到这点。但一提到去森林里拉屎，我觉得自己同样义不容辞。挑选合适的位置蹲下需要直觉、观察力、天赋和勇气。如果我碰上了被牧羊犬标记过的土地，那么我必须也留下一个标记，不让那恶魔靠近。

那条恶魔犬真是到处潜伏。

我回头查看了一下，才在树根处安心拉起屎来。随后我和麦克斯小跑着往家走。他开始哼起《星球大战》的主题曲，那是我很喜欢的一个电影系列，尽管里面没有狗。我和丘巴卡有着强烈共鸣，那是电影里最毛茸茸的角色，毛发跟我的很接近。

在车道上，麦克斯停止哼唱。

爷爷奶奶的车停在我们的篮球框下面。

虽然艾玛琳和麦克斯很喜欢爷爷奶奶，但是我觉得他们身上有股洋葱的味道：尖锐又刺鼻。对于这类事情，我相信自己的肠胃和鼻子。它们一直在告诉我，要警惕爷爷和奶奶。尤其在经历了去年圣诞节发生的事情之后。当时，就在晚饭前，爷爷把我赶了出去。"走开，"他说着用膝盖戳了戳我，"厨房可不是狗待的地方。"

然后他当着我的面关上了门。

天色变暗，我花了一个小时，或许可能是五个小时，在冷冰冰的后院里绕着秋千打转。我还在可回收物垃圾桶边上挖了一个很深、很深的洞。洞深不见底，让我开始觉得头晕、迷茫，有一瞬间还想要去吃我爪子边上越堆越高的泥土。但我没有——作为一条小狗，我吃了一番苦头才明白：满肚子的脏土绝对无助于改善心情。

"好啦，"现在麦克斯说，他艰难地吸了一口气，我看着他的胸口一起一伏，"我们走吧。"

进屋后，我们在门口擦干身子。按照之前教的那样，我在垫子上拍了拍爪子，轻轻抖了抖身体，雨珠从我的毛上弹落。

奶奶冲到我们面前,紧紧抱住麦克斯。"我的孩子!哦,你长大了!我都没你高了!"

麦克斯眯起眼睛,变得焦虑起来。他咽了下口水——而且我发现了熟悉的信号:他掌心冒汗、心跳加快。在这方面,我相信我们是一样的。我能明白,当你想说话却不能说时,当你的舌头满嘴乱动,却放不到正确的位置时,会感受到怎样的压力。

"感恩节快乐。"他喃喃道。这不是麦克斯的声音,他跟我说话的时候才不是这么软绵绵的。这是他用来面对陌生人、邮差和某些年轻人的声音。如果他是一条狗,他背上的毛应该都竖起来了。

"火鸡日!"奶奶大喊着回应,"我带了我的弹力牛仔裤!"

爷爷和奶奶是人类所谓的"佛罗里达人"[①]。我不懂这个词是什么意思,但我猜,这肯定跟他们老是在节假日穿宽大的毛衣有关。那毛衣和牧羊犬的毛像极了,十分可怕。你不禁会想:那团绒毛下面是

---

① 美国对佛罗里达人的刻板印象是"天热疯子多",认为他们会做许多古怪又疯狂的行为。

什么？他们藏了什么？

奶奶弯腰拍了拍我的脑袋。"你好哇哇哇，可爱的小狗狗，嗨，嗨，你今天怎么样呀？噢噢噢噢噢，你有点儿湿，还臭臭的，是不是？"

为什么有些人会这样对狗说话？拉长了字音，仿佛我们真的听不懂一样？

至少，她认同我身上的气味很酷。

"我给你带了份特别的礼物！"她继续说，"没错，我带了！"奶奶从毛衣深处掏出一块沙土色的饼干。我一看就知道那味同嚼蜡，可她迅速把饼干推到了我嘴边。我没有立马张嘴，这令她皱起了眉头："你不想要这块饼干吗？"

我接过饼干。

为了家人，我接过了饼干。要是我不吃，场面会很难看吧？

我们三个放轻脚步，走进客厅。客厅里的电视上，几个戴头盔的小人正到处乱跑。爸爸和爷爷忙着冲他们大呼小叫，无暇顾及厨房里飘出来的袅袅香气。火鸡汁！火鸡腿！火鸡的一切！我能感觉到自己嘴角淌口水了。在橄榄球比赛休息的间隙，妈妈催促麦克斯和艾玛琳去卧室换上"好衣服",而我则跟着爸爸走进厨房,爪子吧嗒吧嗒踏在油地毡上,越来越兴奋。

"想来一点儿吗?"爸爸问。他从托盘上撕下一小块火鸡腿,摊开手掌喂给我吃。我狼吞虎咽,流下一长串口水。

在我身后,爷爷严厉地说:"哦,别把那么好的食物浪费在那条狗身上!"

对此我很生气,原因有好几个:狗比人类更重视食物(它的咸淡程度、形状以及口感)。"那条狗"的叫法也粗鲁极了。我的名字叫科斯莫。

"只是一点点。"爸爸说着,在抹布上擦了擦他弄湿的手。

奶奶悄无声息地走进厨房,站在爷爷身旁。我从他们俩身上闻出了紧张和烦躁,就像森林里的鸟一样。奶奶从蔬菜盘里抓过一根胡萝卜条,嘎嘣嘎嘣地啃出声——但她啃得还不够用力,不足以让萝卜碎屑掉在地上。我在这里,我告诉她,如果你给我一根胡萝卜条,我不会拒绝的。

但她没有理我,只是问爸爸:"我们谈的那件事,你好好想过了吗?"

爸爸恼怒道:"哎呀,现在不是时候,今天是感恩节。"

"我只是想告诉你,这事拖得越久,情况就越糟糕。你得为孩子们想想。"

"我是在为孩子们想。"爸爸说,"所以事情才会那么难办。"他眼中带着怒火,仿佛刚抓到爷爷在地毯上撒尿,"我们别在这里讲,会被听到的……"

"被谁?"爷爷打断说,"那条狗?它只听得懂吧啦吧啦吧啦,科斯莫,吧啦吧啦吧啦。"

一时间,我惊呆了:我居然在自己家里,被如此明目张胆地羞辱!

"我是说佐拉和孩子们。"爸爸轻声道,"他们在其他房间。"

奶奶吃下最后一口胡萝卜条,什么也没给我。"好吧,但你最终总要作出一个决定。别逃避问题。"

说完,他们全都开始在厨房里忙碌起来。在罐子的撞击声中,我苦苦思考着奶奶的话。器皿叮当作响,大蒜在锅里滋滋地煎着。蒜味实在太浓,我开始打起喷嚏。艾玛琳出现在门口,身穿一套波点服，肩膀上披着万圣节的披风。

"当当当当！"她旋转着，棕色的肌肤在灯下闪闪发光。

麦克斯走在她身后，耸了耸肩："她坚持要穿这个。"

爸爸微微一笑，但眼睛里没有笑意。"很好。你看起来就像是神奇女侠。"他转向麦克斯，"想要帮忙做火鸡吗，大小伙儿？"

"嗯，"麦克斯说，"好的。"

在地板上的这个位置，我可以看到一切。爸爸切下火鸡的其他部分，放到一个金属托盘上。奶奶试图在台面上清理出更多地方。麦克斯抓起火鸡托盘，说："我拿到了，别担心。"但托盘太烫了，于是他将盘子放在了厨房的凳子上（那是艾玛琳用来踩着去够水槽的），去拿隔热手套。这个间隙，我眼前闪过各种可能。火鸡就在那里，在那里等待着。

我太迫不及待了。

我感觉自己快失控了。

虽然我腿脚不好，但还是大叫着上前，用狗牙咬上了鸡腿。时间似乎停止了——我有一种可怕的感觉，我判断失误了，没控制好自己撕咬的力道和鼻子推火鸡的方式——凳子在摇晃，托盘在摇晃。慢慢地，它们全都翻倒在油地毡上，火鸡肠子、汤汁和湿乎乎的胡萝卜飞溅出美味的弧线。

我既害怕又狂喜——地上有一只火鸡！我朝溅落的肉块冲去，尽可能用最快的速度往嘴里塞最多的食物。我上方响起含混的声音。

"怎么……？"

"科斯莫！"

"不……！"

但在这个地方，在此时此刻，只有我和火鸡。我想要征服它，想要占据它。我整个喉咙都热腾腾的，吃了又吐、吃了又吐，直到我感觉到项圈被猛地一拽，有人拉着我往后退。这时候，我才意识到自己做了什么。爸爸瞪着我，眼神里透出浓浓的失望；奶奶用手紧紧捂着胸口。但麦克斯跳出来替我辩护。

"这不是它的错！"他说，"它可能是真饿了！这是我的错。我……我很抱歉。这个托盘……你们别生气了。"

"哦，我的天哪！"妈妈冲进厨房，"出什么事了?"她瞥了我一眼,看到我满足的口水和火鸡的油水。

爸爸说:"你看呢?"

妈妈眨眨眼睛:"好吧,没关系,那我们就……点份主食?我想肯定有餐馆开着。"

"在感恩节?"爸爸厉声问。

"不行吗?"妈妈咬牙切齿。

"别吵架。"麦克斯说,他低头盯着火鸡,尽管他很可能是在跟爸爸妈妈讲话,"拜托了,别吵架。"

我缩成一团,很是愧疚。在节日里,大家很少管束我,可我却打破了一条黄金准则:别吃任何没让我吃的东西。我盯着爪子上的残渣,心想:这一切会不会是场噩梦?

爷爷说:"这就是为什么我告诉你们不该让狗进厨房。"

在接下来的几分钟里,麦克斯用一卷又一卷的厚纸巾替我收拾烂摊子。妈妈打电话去点比萨:"嗨?你们店还开着吗?哦,太好了。"艾玛琳在桌子上用彩色硬纸组装火鸡。比萨送来的时候,我躲开了——离奶酪的香味远远的。愧疚……以及火鸡，沉甸甸地压在我胃里。

后来，麦克斯才重新来找我说话。

在前廊上，我把鼻子拱到他胳臂肘里，尾巴耷拉着。他膝盖上有一小块南瓜派，我没有去舔。我们两个，形单影只，坐在秋夜的满天繁星之下。

"嘿，伙计……"他抬头凝望天空说。

麦克斯曾经告诉过我，他就像我喜欢网球一样喜欢天空。也许这是真的。一个球从来不仅仅是球而已：它有味道、会弹跳，带着记忆——见证了露营和烧烤时、冬天和夏天里，麦克斯和我一起在挂着露水的田野上玩抛接球的时光。"就像那样，"他说，"你的网球相当于我的天空。"然后他摸摸我的耳朵，解释道：宇宙正在膨胀，一位名叫卡尔·萨根的伟大科学家向太空寄出了一张金唱片。"里面有大量图片，"麦克斯说，"还有地球上的声音，比如交通、海洋和鲸的声音。"

那狗呢？我想问他。有提到狗吗？

现在，麦克斯低头注视着我，深深地叹了口气。"火鸡的事情，我知道你不是故意的。"他顿了顿，"呃，我知道你的确想吃，如果我是一条金毛猎犬，我可能也会做同样的事情。"

如果他是一条金毛猎犬？他也考虑过那种可能性吗，就像我想成为人一样？我想象过自己熟练接球的样子：用手而不是用嘴；我可以读书，能看懂所有的字；我可以变得善良又温柔。

"那些人冲你发火，我很抱歉。"麦克斯说，"所有人都焦虑极了，因为我想，爸爸妈妈可能……他们可能……"他说不下去了。我轻轻推推他，表示没关系。别着急，我有的是时间。

月光沿着门廊爬行，照亮了人行道和远处的地方。草坪上，那个古怪的南瓜看起来有些悲伤，凹陷下去，垂头丧气。南瓜里还有蚂蚁，在洞中爬进爬出。如果可以的话，我想吃掉它们。我喜欢用鼻子将它们赶到地上，然后一只一只地铲起来。

"他们可能要离婚了。"麦克斯终于哽着喉咙将话说完，"几天前，妈妈在跟人打电话。她以为我听不到，于是她说了，她真的说了那个词——离婚。"

他用手掌根部遮住眼睛，手在发抖，肩膀也在发抖。我从来没在他身上感受过这样的气息，他是那么地愤怒、担忧、害怕。沉默吞噬了我们，我茫然无措,一动不动。我听到过"离婚"这个词,但往往是在电影里。我从没在现实生活中听到过它,也从没想过它会跟我的家人相关。

现在,有谁正在焦虑地喘息——我惊讶地意识到:居然是我自己。我喘得越来越用力、越来越用力,直到我觉得自己再也喘不过气。从前,在舞蹈之夜过后,我的家人们会在客厅地板上开通宵派对。不知道麦克斯还记得吗?那儿有全麦饼干和装满填充物的睡袋。大家会脱掉袜子,等几小时后,气温降低,月亮升起,再把袜子穿回去。

"科斯莫?"麦克斯一只手按上我的围兜,"嘿,没事的。放松,孩子,放轻松。也许所有火鸡都在追你。"

但这不是火鸡的问题,不是的。

"我只希望知道将要发生什么。"停顿了很久,在我的喘气声变缓之后,他说,"或者,到底会不会发生。我只知道,我希望我们在一起。你和我,我们必须在一起。"

我深深地呜咽了一声。因为我从来没想到过分离。在任何一个宇宙中,我们都不会分离。

七

爷爷奶奶又住了两天，对此我非常失望。因为他们身上那讨厌的气味开始弥漫整个屋子。晚上，他们把许多沐浴用品抹到自己身上。爷爷将拖鞋猛地从我面前抽走。"这不是给狗的。"他朝我咕哝着。但他的鞋其实很没意思，我对拖鞋毫无兴趣。

早餐是酥脆的薄片和牛奶。吃完后，我还听见爷爷奶奶在谈论牧羊犬——说他们在早上散步时是如何抚摸它的，说它是如何如何地友好。友好！你能想象吗？

为了避开他们，我花了很多时间跟麦克斯待在门廊上，看最后一批叶子从树上飘落。麦克斯朝我靠得更近，他的手指埋在我的毛发里。我想到，我们有可能会分开。"我见过这种事情。"他轻声解释，"我学校里有个孩子，他父母就离婚了。因此他和妈妈住在一起，而狗的抚养权属于他爸爸。我想，很多时候，事情就是这样子的。孩子们判给妈妈，但爸爸也需要一些陪伴，因为他不想孤孤单单的。但这不公平，我就是觉得这样不对——成年人可以做他们想做的事情，但为什么孩子们就必须和我们最好的朋友分开呢？"

麦克斯和妈妈在一起，而我却要跟爸爸走。这个念头在我胃里翻腾。人们一直把我和麦克斯形容成密不可分的一对，我们是如此形影不离，有时候我都不知道自己是从哪里开始跟着他的。我们喜欢吃同一个品牌的热狗、看同样的电视节目，都对星空感兴趣。

幸好我们当中只有一个是身体长毛的，否则大家可能很难将我们区分开来。

除了上学的日子和偶尔的假期（我会被送去宠物狗日托中心，在陌生的草地上闲逛），麦克斯和我只分开过一次，在索亚公园里。当时他正在玩一座蓝色大滑梯，滑了一次又一次。而我在秋千边上汪汪大叫。妈妈只是转了转头，事情就发生了——间隔的时间短极了，相当于我甩了一下尾巴的瞬间——牧羊犬爬上了山顶。它是一个邪恶的天才——这点我得承认。因为就在下一刻，麦克斯不见了。直到今天，我仍然不知道，那头牧羊犬是怎么召唤他爬过儿童攀爬架的。但我记得妈妈双手紧紧抓着头发的样子，也记得自己心中的恐惧：它像烂泥一样沉甸甸地压在我胸口。妈妈松开我的狗绳，我冲了出去。当时我年纪小，很能跑。直到找到麦克斯，我才停下脚步。他站在一个冰激凌小摊旁边，草莓甜筒已经滴到他胳臂上了。

在门廊中，我第一次希望自己是个人，因为人类可以否认。一个人可以说服自己：爸爸妈妈的争吵会逐渐消停，最终爱将把每个家人凝聚起来。但一条狗——一条狗在闻到难闻的气味时，从来不会否认它很臭。

即便如此，我也很难集中思绪。如果爸爸妈妈离婚了，我和麦克斯可能最终会住到不同的房子里。那我要怎么在早上叫醒他，用我的胡须挠他痒痒呢？还有艾玛琳！在她用粉笔在车道上画画的时候，在她把地上的线条擦掉的时候,有谁会去保护她呢?而且,家庭野餐怎么办?那些嚼上去特别好吃、夹着奶酪和花生酱的小三明治呢?供我们坐着休息的野餐篮呢?我们躺下以后,朝天露出的肚皮呢?

有一次,我们五个去了一个农场。我在那儿发现了马,以及除了马以外的其他生物。空气里充满了一股味道。麦克斯、艾玛琳和我站在一道篱笆边,看着蚂蚱轻快地飞过草地。因为我动作很快,有时候又很固执,于是我冲破篱笆,大步跳跃,去抓小虫子。麦克斯和艾玛琳追在我身后,我们从没笑得那么大声过,甚至连舞蹈之夜时也不曾有。

我不能跟艾玛琳和麦克斯分开住。无论是在田野、后院还是死巷,我都不能没有他们。

星期天早上,我的肚子鼓成一个硬硬的圆球——里面塞满了华夫饼。我们一边慢吞吞地吃着,一边看天气预报。"这天气很适合出行。"爷爷说,"是个艳阳天。"

他们要回家了,我很高兴。

我们目送着他们的车辆启动开远,我的尾巴前前后后摇得十分欢快。在院子里,麦克斯弯下腰,拍了拍我的肚子一侧。他穿着一件T恤，闻起来最像是他的味道。T恤是蓝色和黄色的，我最喜欢这两种颜色了，因为我能看到它们——那么明亮、那么清晰。①

"嗨，科斯莫，"麦克斯说，"想去搭车兜风吗？"

我抬头盯着他，盯着他耳朵上的卷曲头发，盯着他美妙的长胳臂。他的胳臂可以拿到许多东西，比如银质餐具和饼干，而我永远不可能用同样的方式拿到它们。我告诉他，我想去，太想去了，哪怕我不知道要去哪里。乘汽车几乎总能遇到好事情。对我们很有用的好事情。

妈妈匆忙用钥匙打开小货车，帮着麦克斯将我抱进去。我们的小货车棒极了：有茶托底部的面包屑、嵌在座位中间的薯条碎屑，以及宽敞的空间——当我兴致来了，可以趁妈妈开车的时候，爬到驾驶座上。她也喜欢我这样。我们哈哈大笑，放声尖叫。汽车在公路上大幅度地转着弯。

"我有点儿紧张。"麦克斯在后排说。他系上安

---

① 狗是色盲，但可以看到黄色和蓝色。

全带，靠在我身上。我知道自己的职责，于是扶住了他。

"紧张也没关系。"妈妈说。我注意到，她的头发都裹在了头巾下面，是那条我们小时候她经常戴的头巾，装点着星星的图案。"你没有跟他在一起待太多时间，大多数时候都是在电话里。你当时……八岁吧？你最后一次见他是八岁吧？圣诞节或者感恩节，在佛罗里达州。"

"是的，八岁。"麦克斯咬着嘴唇说，"要是他不再喜欢我了呢？"

"别犯傻，他爱你，永远爱你。"

我把下巴搁在窗沿上，我们沿着平坦的大路往前开，最终停在了一个拥挤的停车场里。我爪子下面的人行道冷冰冰的。我一开始猜是要去杂货店，但为什么麦克斯跟我说，让我跟着他进去？我紧紧跟在他身后，惊叹着周围的声音：人类彼此呼叫、喇叭嘟嘟作响、玻璃门滑来滑去。最后，我终于明白：我们是在机场，一个我经常在电视上看到的地方。不知为何，我想象中的机场更加安静，有种类更多的行李箱。

行李箱让我害怕，哪怕光是想想都怕。巨大的、四四方方的东西，拥有无尽的空间，会吞噬你的物品，然后再吐出来。它们会跟踪你的家人，用心险恶地跟在他们身后。箱子合上后，谁知道里面有什么？什么都有可能！爸爸有一个特别吓人的轮式包。有时候，我会试着蹲进去，去考验自己，去直面我对未知的恐惧。但我往往会放弃这项追求：我的勇敢是有限的。

等一下。机场。我意识到了什么，背上毛发直竖。这事现在就要发生了吗？我要离开麦克斯了吗？麦克斯要离开我了吗？我惊恐地停下脚步，四腿僵直，麦克斯不得不轻轻拖着我，走过滑溜溜的地面。

"快点儿。"他说，"没必要害怕的。"

我相信他，我尝试去相信他。他之前从来没骗过我。

在我们前方不远处，妈妈拿着大大的气球，气球线缠绕在她的胳臂上。"哟——嚯！"她突然大喊着在空中挥起手。通常，她这样的举动是在召唤我，一时间，我有些困惑。我已经在这里了呀！我在这里！但我随即看到一个男人朝我们走来，速度越来越快，靴子吱吱地踩在地砖上。他放下帆布包，张开双臂拥抱妈妈。妈妈紧紧抱住他，呜咽了很久。我怀疑他是不是抱得太用力了，我是不是应该去调查一下？于是我使劲拽着麦克斯手里的狗绳，嗅了嗅那个陌生人，发现他……

并不陌生！

"你好呀，老伙计。"雷吉舅舅说着，露出斗牛犬似的微笑。他看起来跟妈妈像极了：光滑的棕色皮肤，一脸热情和友善。当他蹲下亲吻我的头顶，我觉得时间似乎根本不曾流逝，我仿佛还是一条小狗。我的尾巴敲着地板。这个男人！你不知道他有多么神奇，哪怕他现在已经变成秃头，我再也不能咬他的辫子。

"你记得我？"他大笑着问。

当然！他身上还是原来的味道，眼睛也没有变化：又大又深，咧嘴笑的时候，眼角还有皱纹。我与他对视着。我从特纳经典电影频道得知，人类很注重直接的交流。他们相信，眼睛是心灵的窗户。雷吉舅舅有一颗很棒的心。

他又轻轻拍了拍我,站起身去拥抱麦克斯。"嘿,小伙子。"

"嗨。"麦克斯喃喃道,投入了雷吉舅舅的怀抱。

"谢谢你和妈妈一起过来。真抱歉我错过了感恩节——我想那肯定很有趣。"他从拥抱中抽身,抓起自己的帆布包,翻找了一通,取出一张有光泽的纸。"我给你带了件东西,希望你不介意。"

"哇哦。"麦克斯说着接过礼物。他的声音很平静,甚至都没有变化。"这是……哇哦,谢谢你。是签过名的吗?"

"没错。"雷吉舅舅说着拍了拍照片,"这个家伙来访问基地,我把你的事都告诉他了。我说我的外甥想成为一名宇航员,就像他一样。"他揉了揉麦克斯的脑袋,就像他摸我的头一样。"天哪,再次见到你们,我太高兴了。"

回家的路上,大家仍然很兴奋。我们在麦克斯最爱的路边餐馆停下。你不会相信我发现了什么!一块汉堡里的小肉饼在草地里隐约可见。我在野餐桌底下嚼着肉饼,尽可能地保持安静。

"你嘴里是什么?"妈妈说。

"哦，没什么。"雷吉舅舅替我回答。

我知道他发现了，我知道我们有了共同的秘密。

那一晚的晚些时候，麦克斯去睡觉后，雷吉舅舅躺进沙发上的靠垫里。其中一个垫子下面，藏着一片火鸡培根——只是我不记得是哪一个垫子了——我不知道晚上会不会被他找到。我想，我愿意跟他分享。

每天的这个时候，我都很讨厌离开麦克斯的房间。但有时，我渴极了，嘴巴又痛又干，别无选择，只好去找我的水盆，轻轻拍打水面。我非常小心，尽量不弄出太大动静，怕打扰任何还没有睡的人。我的家人在睡前总是急匆匆的——艾玛琳在浴室里进进出出，东奔西跑，溅起水花；爸爸在整理早上要用的公文包，并纠结着第二天的午饭：是带意大利面还是鸡肉呢？鸡肉还是意大利面呢？麦克斯在读书放松心情，不过有时候，他得花好久才能睡着。而且，他的鼻子在睡梦中还一抽一抽的。

当我迈出新的一步时，项圈上的标牌叮当响起。雷吉舅舅在沙发上转过身——也叮当了一下。他的衬衫上挂着一块狗牌，在灯光下亮闪闪的。我震惊了。一个人类挂着狗牌!我还以为我够有见识的了!

"看来,我不是最晚睡的那一个。"他说着微笑起来,"没关系。到这儿来,别害羞。"

我拉近我们之间的距离。他的手揉了揉我脑袋两侧,擦掉我鼻子上的水滴,跟我鼻子碰鼻子。我能闻到他的悲伤。

他身上有我们厨房的气息。

"你肯定全看见了。"他说,"现在,我打赌你比我更了解他们。"

冰箱嗡嗡作响。房间的某处,地板嘎吱了一声。我可以分辨出说话声:爸爸妈妈在他们卧室的壁橱里小声吵架,避免被其他人听见。

但我能听得到。

我听到了一切。

"保护好他们的心。"最后,雷吉舅舅轻声对我说,"答应我,你会保护好他们的心。"

八

  时不时地，我身上就有一处自己挠不到的痒痒。现在我年纪大了，腿脚没法儿像以前一样弯曲，皮肤上的刺痛感太过密集，我只能抖动全身。只要麦克斯看到我这样，就会知道我怎么了。"哪里痒？这里？还是这里？"他会用完美的人类手指顺着我的身体往下挠，直到找到发痒的位置。

  我很喜欢让他给我挠痒痒，一直都喜欢。很久以前，我答应会执着地去爱麦克斯。无论他需要什么，我都打算付出。这些年里，我付出了我拥有的一切：在他生病的时候，我从不离开他；在他烦恼的时候，我把我最喜欢的玩具带给他；在他活力十足的时候，我紧跟他的脚步，在凉爽的秋日里一步一步穿过社区。但最近,我让他失望了——他身上有处痒痒,但是我挠不到。从前,我可以绕着他跑圈,可以分散他的注意力,让他远离厨房里的紧张、怒火和悲伤。可现在,我一天要睡很长时间,只能把狗嚼玩具扔在他脚边。

那天晚上,我在舒适的床上辗转反侧,听着蟋蟀的叫声,回想着雷吉舅舅的话。我想,他的鼻子是不是也很厉害,能闻到我闻到的一切气息。我们房中的气氛变得忧虑重重,他也觉察到了吗?那是一种很僵硬的感觉,甚至连我的狗粮吃起来都像是硬纸板。无论我把它在嘴里嚼多少次,都没法儿吃出任何味道。如果我是人类,可以把这归咎于天气——天越来越冷了,但我知道,真正的变化在我们心里。

第二天早上,麦克斯起得很早,对着镜子刷牙。这个场面总是令我赞叹不已(他从来没有被香味诱惑,吃下牙膏)。我打量着他睡衣上的线条,还有他仔细梳理头发的样子。我喜欢他的一切。那个"我们会分开"的念头,简直难以置信。

"你看起来像是在沉思。"他对我说。我的确在沉思。

我们在室外等待那辆黄色的大巴士,我的尾巴在挂着露珠的草丛里拂来拂去。麦克斯将手放在我脑袋上,叹了口气。最近,他叹气越来越多了。

雷吉舅舅悠闲地走进前院。妈妈说,他将和我们一起过假期,直到他"调整好状态回去"。

"我能跟你一起吗?"他问。

麦克斯上下甩了甩头发。他的手掌没有冒汗,喉咙也不再哽咽,这意味着麦克斯觉得,和雷吉舅舅待在一起很轻松——我也这么认为。我们三个在草坪上唯一一处温暖的地方等待着,被十一月末的太阳照射着,宛若置身一个小天堂。

"今天学校有什么事吗?"雷吉舅舅说。他挪了挪衬衫下面的狗牌。

"哦,"麦克斯说,"我有两场考试,但放学后,我的朋友查理会帮助我一起做火箭模型。我们约好在科学实验室碰头。他……他话不多。有时候,这样挺好的。"

"我喜欢狗,也有一部分是这个原因。它们不会说话,却很善于聆听。"雷吉舅舅和我一起,扑通一声跳进草地，尽管那里十分潮湿。露水浸透了他的长运动裤。"我在想，今晚我也许能给你们大家做晚餐。你最喜欢吃什么？"

"呃……随便，只要不是豆腐。有一次，豆腐吃得让我难受极了。科斯莫也吃了一些，然后也觉得恶心……它就是难吃。"

雷吉舅舅郑重地点点头："不要豆腐，我明白了。"

"不过，科斯莫特别喜欢奶酪。烤奶酪三明治、墨西哥奶酪饼，各种有马苏里拉奶酪的东西。"

"它可以吃奶酪吗？"

麦克斯前后摇了摇头："也许不行。"

这是真的。我放的屁能把一群人全赶出房间。有时候，我睡着后会被一团臭气惊醒，很难分辨出是我放的——还是其他狗爬进来，放个屁，又跑了。麦克斯捂着鼻子说："科斯莫，你太恶心了。"我们哈哈大笑，哪怕并非每一次都是我搞的鬼。

雷吉舅舅说："我想我可以再做一回烤奶酪。"

"只是……"麦克斯说，"只是……你别把盘子留在柜台上。爸爸妈妈因为盘子的事情吵过许多回了。"

雷吉舅舅咬着嘴唇："我会记住的。"

我们沉默了一会儿，黄色巴士嘎吱一声停在我们的信箱旁边。麦克斯用肩膀夹住书包，跑上台阶，害羞地朝我们挥了挥他好看的手。

"好好学习！"雷吉舅舅喊道。

这些年里，我思考了很多：麦克斯背着那装满乏味东西的背包，去了哪里？我起初以为，学校肯定跟宠物狗日托中心差不多（宽敞的狗屋、大量的绳索玩具、一个带草坪和小戏水池的公共区域）。大多数细节我都搞错了，但我确定，麦克斯在学校里有朋友。他的两个最好的朋友叫查理和佐伊——是两个很棒的人类，总是记得我的脑袋可以摸。麦克斯跟他们说话的时候不会卡壳。每年夏天，我们四个都会一起玩棒球，在佐伊家后面的小溪里找牛蛙。我们坐在她家门廊上，吃着咸脆饼干，听着树林间叽叽喳喳的鸟叫声。

最近我没见过佐伊。我担心，这恐怕跟我在去年八月舔了她家猫的头顶有关——那是一次不幸的事故。但从来没人问过我的看法。

"他是个好孩子，你知道吧？"

麦克斯吗？是的！麦克斯是最好的孩子。小时候，我很怕打雷，麦克斯会用他最喜欢的毛绒毯子把我包起来。"科斯莫小乖乖。"他这么说着，把我的腿按到我胸口，将我拉近他。我们一起摇来摇去，直到乌云不再像锅碗瓢盆一样砰砰砰砰作响。虽然我从来没告诉过他，但有时候我希望打雷，这样他就能叫我小乖乖了。

雷吉舅舅说过，保护他们的心。

我必须做到这点，因为麦克斯一直在保护我。

我踱步踱了一整天——爪子在房间之间来回敲击。我几乎没怎么看电视，哪怕特纳经典电影频道正在播出的是《雨中曲》——有史以来最伟大的电影之一。下午，当雷吉舅舅带我出门的时候，天上的太阳金灿灿的。我拒绝离开院子，我思考得太过专注，一心想着该如何避免跟麦克斯分别。以狗的年龄来看，我是沃克家年纪最大的一个。永远陪伴他，是我的责任，也是我的荣幸。

要想哄人高兴，也许，我应该再多去舔舔每个人的脸？或者，减少对着灌木丛里的松鼠喊叫？我甚至可以缩短拉屎时间，不对场地进行彻底检查，随意选择一个地点。但我有种感觉，我需要更强大、更勇敢。

那天晚上，我们聚到一起，吃了一顿闻起来很香的烤奶酪和嚼起来脆脆的莴苣。我非常机智地待在麦克斯的椅子边，就坐在餐桌底下。那里像是一个山洞——我的祖先——狼曾经住的那种。

"我想你们饿了。"雷吉舅舅说。

"谢谢你做这些。"妈妈说。

"太棒了。"麦克斯说，"你的奶酪做得恰到好处，黏度完美极了。"

他们在我上方大嚼特嚼，吃了很久。我总是惊叹：要是他们能直接把脸按到盘子里吃饭，肯定比现在轻松多了！

艾玛琳大声嘬了一口橙汁。"噢噢噢！噢噢噢！今天珍妮小姐给我们读了一个有关狗的故事。然后我们要在日记里画狗。卡拉说，跟大家比，我画的狗看起来最像狗。"

"你画了科斯莫吗？"麦克斯问。他把烤奶酪三明治的一角偷偷喂给我。我细细品尝，用臼齿慢慢嚼着。

我看见艾玛琳摇摇头说:"我画了雷吉舅舅家的狗。"

"我……"雷吉舅舅说,"我给她看了一张照片——罗西的照片。它还在阿富汗,但我希望我们很快就能再见到彼此。"

我竖起耳朵。有时候,当我认真聆听——真的听进去的时候——我能发现了不得的事情。比如树是活的,比如牧羊犬不是我原本以为的狗和羊的杂交种。现在我知道了:雷吉舅舅训练过德国牧羊犬。那种狗在跑和跳时仿佛脚底生风,能跟着士兵进入作战区,帮助保卫我们的安全。他提起它们的时候,是把它们当人看待的。

"我在想,"他说,"这周六你应该带上科斯莫。"

我甚至抬起了头。我错过了什么吗?带我去哪里?

妈妈说:"的确,这是个不错的主意。麦克斯,你还记得我跟你讲过的那个俱乐部吧?"

麦克斯在椅子里变换了一个姿势:"是的,没错,科斯莫可能会喜欢那样。"

可能会喜欢哪样?我听啊、听啊,但他们转而谈起了别的事情。爸爸和妈妈径直走进厨房，爸爸说洗碗机里的碗碟快放不下了。

妈妈说："那就拿几个出来。"

"你为什么不开洗碗机？你到家都好几个小时了。"爸爸说，"我不知道为什么你连这种小事都没做好。"

他们像野狗一样彼此厮咬，跟我有一回在镇上老电影院后面看到的一样。一条公狗和一条母狗，长着黑色的毛发，任何人试图靠近，它们都会发出威胁。两人的牙齿闪着光，如同万圣节那晚牧羊犬的尖牙。我替他们感到难过——他们这样子，会伤得多厉害啊？

爸爸妈妈开始大喊大叫，无视其他一切。麦克斯伸出手让我舔。他的手指蠕动着。我认出了那个手势，它表示：我在这里，看看我。

如果说，在过去十三年中，我有学到任何东西的话，那就是：每个人都值得被重视。

第二章

挽救行动

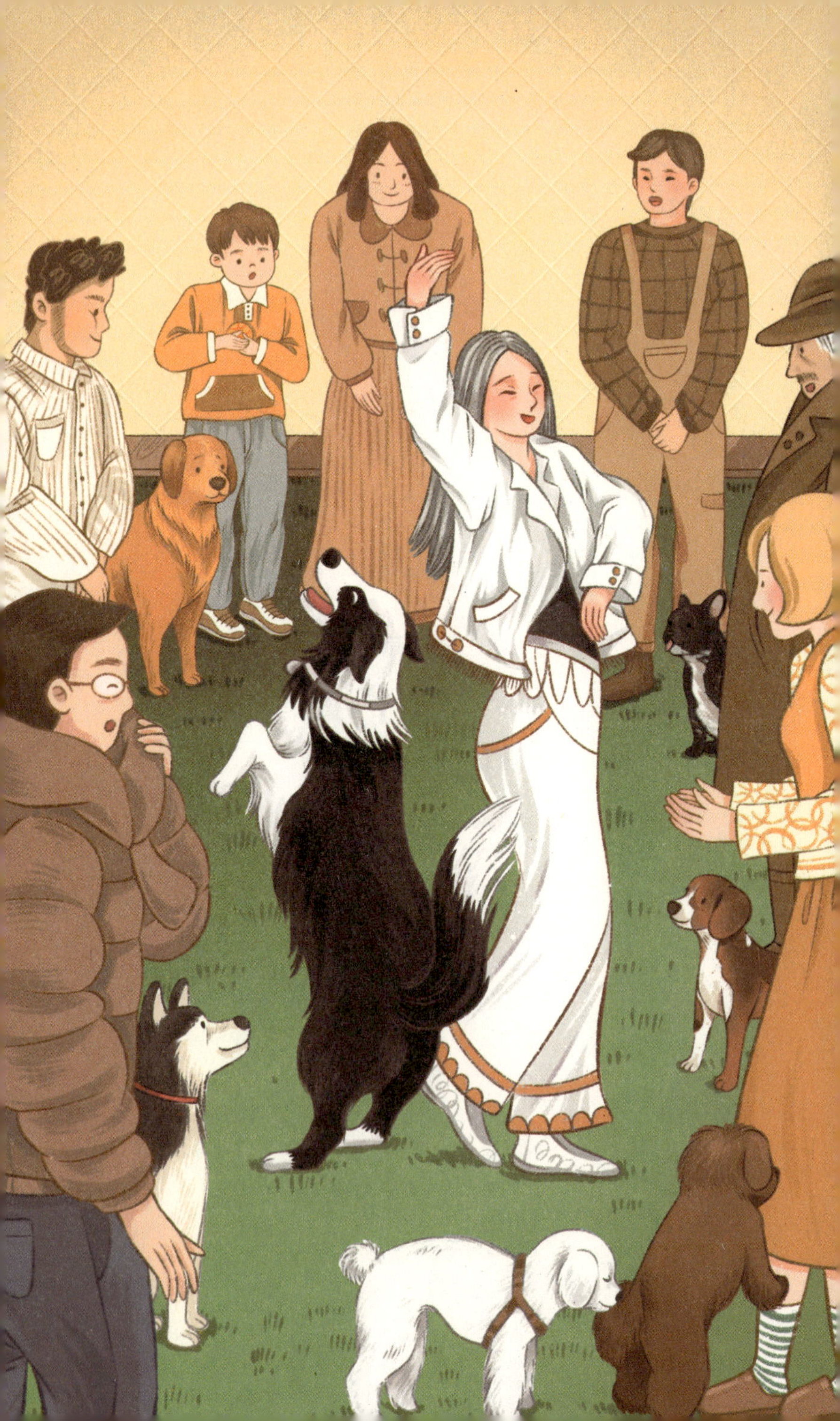

九

通常,我戴狗绳时表现得非常好。你没法儿想象我需要多么克制自己,才能在被各种气味包围时,从容又高傲地走在人类身边。但这个周六,情况有所不同。那天微风习习、绿草茵茵,我充满了活力。在当地社区中心的停车场里,麦克斯和雷吉舅舅不断开着玩笑,我被他们的快乐所感染,拽着狗绳跑了。我在车辆之间奔来奔去,追着自己的尾巴,直到被狗绳缠住。

"你怎么了?"麦克斯大笑着说。他弯下身举起我的爪子,把我从圈套里放出来。

雷吉舅舅眨眨眼睛:"也许它听得懂。"

他对我那么有信心,我很开心。

社区中心里有股奶酪香,是麦克斯饭盒里奶酪小饼干的味道。

麦克斯看着周围的大厅,问:"那么,这是哪里?"

"我也不太确定。"雷吉舅舅说,"但是狗狗们会告诉我们的。"

我只是一条狗,不是狗狗们,我心想。但我很快明白了他的意思。我闻到了它们的味道。比格犬!柯利牧羊犬!吉娃娃!通常来说,吉娃娃自负极了,很难跟它们交上朋友。但在这个人类的地盘闻到它们的气味,我仍然十分高兴。我发现,大多数大楼都不允许狗进入,似乎生怕我们四处乱嗅,找地方蹲下大小便(我只这么干过一回,那家店放着许多花园浇水管,过道里全是灰。当时我还很小——没有忍住,为此我愧疚了很多年)。

"这边走。"麦克斯说,他朝着狗叫的方向走去,"听起来像在开派对。"

我不断拽着绳子,确定有好东西就在转角处。当我们走进一间装饰着假草的大房间,我一瞬间兴奋起来,不由自主地猛摇了好几次头,想证明这一切都是真的。到处都是——到处都是尾巴前后摆动，舌头晃来晃去，用鼻子凑近其他狗的后腿的狗。这是梦吗？一个美梦？

你看到它们了吗？我抬起头瞥了一眼麦克斯问，你也看到那些狗了吧？

"哇哦！"他说。他显然全看到了。

雷吉舅舅说："的确该惊叹。"

空气里充满了喘气声，还夹杂着犬吠和咆哮。我很难同时把注意力放在某一条狗身上。它们的模样交织在一起：灰毛的、黑毛的、黄毛的和白毛的。我有些渴望加入它们——把自己迷失在这旋涡里，但我比较谨慎，犹豫着、观察着。

没过多久，我们就听到一声尖叫盖过噪声。"面条！"一位头戴大太阳帽的女士开始追赶一条柯基犬，它正迈着小短腿，一蹦一跳地朝我跑过来。虽然我通常不喜欢小型犬品种，但我的确很欣赏它们的乐观精神。从面条吐舌头的方式，你能感觉到它心思单纯。它半咧着嘴，一头撞上我的膝盖，立刻开始用鼻子戳我肚子。它嘴里有三文鱼的味道——当然，现在我饿了。

"实在抱歉,"女士说,她裙子的口袋鼓鼓的,里面装着网球,"你想不到它会那么敏捷,但它的确速度很快。"

"别担心。"雷吉舅舅说着挥挥手,"它看起来很可爱。"

"它就是个小魔鬼。"女士咕哝着,试图去抓狗绳——绳子仍然戴在面条身上,但已经拧成了结,"面条,你可以回到妈咪身边来吗?"

面条朝我鞠躬,粗短的尾巴欢快地摇着。它抖动着身体,白色和棕色的毛发充满光泽。随后它汪汪大叫、狂奔起来,把狗绳卷得更厉害。

"面条!停下!"女士喊道,"我的天哪,面条!"

麦克斯伸手捂住嘴,我相信,他在轻声偷笑。

"面条?"女士离开后,他轻声说。

"如果我再有一条狗的话,"雷吉舅舅说,"我会管它叫'意大利面',或者'千层面'。想象一下在公园里喊那种名字的场景。'过来,饺子!'"

这个笑话令我们笑了好一阵。不过,就在一条黑色拉布拉多犬迅速经过时,我突然意识到,自己并不知道,我们为什么要来这里。妈妈称这里为俱乐部。我仔细回想着自己对俱乐部的种种了解，但那些信息并不能拼凑出完整的画面。

黑色的拉布拉多吠叫着，在隔了几条尾巴的距离停下来。它身边站着一个年轻人。他俩看起来就像我和麦克斯，他俩似乎是一体的。男孩蹲下身系鞋带，我饶有兴致地看着鞋带。很早以前，我就知道，虽然鞋带不是蛇，但你怎么小心都不为过。

男孩发现我在看，咧嘴一笑。"嗨，你好。"他说着，朝我们快步走来，伸出一只手给我闻。他的耳朵有点尖（毫无疑问，他有猃犬的血统），他的金发跟我的毛一个颜色。"我可以摸摸你吗？"

他把决定权交给我，对此我很感激。有些人类粗鲁极了，会毫无征兆地用手指戳你的脸。但人类很少对彼此做同样的事情：我从来没见过爸爸妈妈把手伸进陌生人的头发里。我打了个哈欠，表示自己没有恶意，用鼻子碰了碰男孩的手指。我惊讶地发现，他很懂该挠哪里——就在我耳朵后面的位置，让我舒服得直抖腿。

"我的狗也喜欢这样。"男孩说着，朝拉布拉多抬了抬头,"它的名字叫埃尔维斯[①],跟歌手一样。我妈妈说,它'比猎犬好多了',我想,这是歌里的一个笑话。我记不得了。不过,有时候,它的表现真的很奇怪。比如,每当淋浴间里传出水声,它都会坐在浴室垫上咆哮。"

埃尔维斯看着我们,打了个嗝。几片草叶从它嘴角垂落。我觉得自己必须警告一下它,吃太多绿植是很危险的,尤其是在这种温暖的日子里。它年纪比我要小得多,还有得学呢。它细长的腿显而易见很有弹力,我能感觉到它想扑到我身上玩闹。但是它忍住了,并向人类一样,对我流露出敬意。它知道我年纪很大。

雷吉舅舅轻轻推了推麦克斯,小声让他说些什么:给点回应,讲几句话。麦克斯的紧张情绪充斥着整个空间。雷吉舅舅不是有意的。他不知道:狗绳上传来的震动多剧烈,麦克斯的心跳有多快。

男孩站起身。"很酷的 T 恤。"他对麦克斯说。麦克斯穿的是他最喜欢的火箭 T 恤,是最符合他气

[①] 美国摇滚乐歌手猫王的名字。

质的那一件。"对了,我叫奥利弗。"

麦克斯。他叫麦克斯。而我叫科斯莫。

如果我可以的话,如果他愿意我这么做,我真想替我们两个发言。

在麦克斯能鼓起勇气说他名字之前,房间中央有一位女士拍了拍手。她看起来刚打扮过,灰色的头发垂在背上,像绳索玩具上的流苏。她还有长长的指甲——如果那是我的指甲,我会去把任何硬木地板抓得咔嚓咔嚓响。

"请所有人让你们的狗消停一会儿,拜托!"她等待着,双手环抱在胸前。这太难了,在这种充满气味和声音的环境里,要坐下可太难了。

"坐下。"麦克斯跟我说,"快点,科斯莫,坐下!拜托了。"

埃尔维斯立刻"扑通"一声坐下。房间另一头,面条在疯狂转着圈圈。我没有完全坐下,在屁股接触到地面之前,又把身体稍稍向上抬起。

"谢谢大家!"那位女士说,"今天,很高兴在这里见到你们所有人!我之前还有些担心没人会来呢。真是完全意想不到!你们肯定听说了奖品吧!"

她咯咯笑道,"我的名字叫葛丽塔。我创办这家俱乐部,是为了让我们像社团一样聚集在一起,练习犬类自由式舞蹈这门艺术。没错,我指的是'艺术'!当然啦,这是一项运动,但它需要创意、激情和动力。"

葛丽塔伸出她细长的手指列举着,然后顿了顿,表示要宣布一个激动人心的消息。

我们瞪大眼睛,欣喜若狂。

"我要事先说明,"她说,"犬类自由式舞蹈并非适合所有人。它虽然有趣,但也很难。真的很难。作为训狗师,你们必须陪着狗一起,不辞辛劳地进行训练,比如服从指令、学习各种技巧,以及培养乐感。你们和狗必须学会共同行动。我们努力的目标是第一届雨天舞蹈协会年度犬类自由式舞蹈锦标赛,这是八月份举办的一场全国赛事。那里将会有一组裁判对你们各方面进行打分,包括节奏、技巧、魅力和难度。我会在这里教导你们,一路指引你们;你们也都将在这里相互支持。好了,我知道这只是个见面会,但我想用一个示范表演开场——给你们一个真正难忘的开始!好了,闲话少说……菲利克斯，就位！"

房间里一片寂静。一条边境牧羊犬小步跑了出来，它戴着银项圈，在十二月的阳光下格外闪耀。边境牧羊犬跑到葛丽塔身边，黑白相间的毛发充满光泽。我伸着内八的脚趾站在那里，目瞪口呆。随后音乐声响起。边境牧羊犬鞠了一躬——比我能想到的幅度更大、更优雅——开始和着歌曲的节拍，绕着葛丽塔转圈，后退。居然是后退！

"你觉得你能做到吗？"雷吉舅舅问。

但我甚至都没给他一个眼神，因为我没法儿移开自己的视线。

葛丽塔将手臂往身边一甩，边境牧羊犬从她胳臂中间跳了过去，后腿站立，直立行走。我知道——我从内心深处知道——我正在见证某个重要的、神圣的场景。我这辈子从来没见过这种形式的玩耍。

因为他们并不是在玩耍。我突然意识到。

他们是在跳舞。

十

只要看过经典电影,你就会知道:一名舞者臀部轻轻一抖、手臂剧烈挥动,就能掌控整个房间。这一点在《油脂》中体现得淋漓尽致。即便是第一次观影的时候,我也看得出来:丹尼和桑迪挥手的时候,对观众很有影响力。

我意识到,自己有着舞者的灵魂。

有时候在晚上,当麦克斯拉上窗帘,卧室变得漆黑,我会想象这样的画面:麦克斯和我进入《油脂》电影里,在篮球场的木地板上,或者学校操场上跳舞。我想象着自己爪子底下是刚修剪过的草地,我们头顶是明媚的阳光。

回到车里,我头脑急转、思绪纷纷,只好将鼻子埋进座椅的折痕里。我闭上眼睛，此时此刻，心里想的是《油脂》，是那些美妙之夜，我的家人们在客厅里旋转，以及狗也可以跳舞。舞蹈不光存在于我的灵魂中，它还在我的爪子、腿和抖动的皮毛中。我浪费了太多年，以为自己不能跳舞，以为自己不够像人。

回家的半路上，我产生了一个念头：是不是所有的狗都生来就会跳舞？请参考我的理由：

1. 人类的舞蹈跟犬类的玩闹非常相似。我们会下腰，也会碰鼻。根据探索频道所说，狗已经和人类共存了千百年。有没有可能是早期的人类从狗身上借用了动作，比如下腰和旋转，然后声称是他们自己的？

2. 舞者的裙子就像狗的尾巴一样嗖嗖地甩动着。你说这是巧合吗？

3. 大家普遍认为，猴子是最聪明的非人类生物（我觉得，这是假的。任何会扔自己粪便的动物都很难称之为聪明。但为了方便讨论，先听我说下去）。你有见过猴子跳华尔兹吗？或者在地板上优雅地绕圈滑行？不。你做梦也想不到那种景象。但你可以想象一条狗这么做。

4. 虽然经典舞蹈电影从来不用狗当主角，但我非常清楚，狗有跳舞的天赋。拍电影的人是不是发现，很久以前，狗比人类厉害？他们是不是认为，这竞争太过激烈，所以把狗排挤到了一边？

太可耻了。《油脂》现在大获成功。想象一下，如果那是狗来演，肯定更加震撼人心！

"天哪，那太酷了。"雷吉舅舅说。他将车开进我们的车道并停下。"你真的喜欢吗？"

我知道他在对麦克斯说话，不是对我。但我仍然把鼻子从折痕里抬起，用足力气叫了两声。喜欢！喜欢！

但我得承认，我在俱乐部里挺害怕的。当我尝试某样新事物的时候（比如一项技巧、一个指令），我喜欢先私下练习。我喜欢想象自己成功了，然后在安静的房间里试探着迈出步子。也许，我这个年纪的征兆就是：做事往往可能失败——因为我屁股不好使，腿脚也很僵硬——所以，我退缩了。我退缩了，直到我退无可退。

麦克斯解开安全带说："是的，我喜欢。"他的声音里带着一种陌生的憧憬，我很好奇他心里在想什么。

我甚至不能告诉你，我们今晚的晚饭吃什么（可能是鸡肉块儿吧——爸爸说这道菜很容易准备。肉块儿被装在可疑的速冻包裹里，层层寒意封锁了它们的气味。你怎么能相信自己闻不到的东西）。离饭点儿还有几个小时，麦克斯把我们俩关在了他的房间里。窗户"啪啦"一声打开，窗帘扑棱着，像鸽子的翅膀。通常，这会让我十分不安。但此刻我的注意力全在麦克斯的笔记本电脑上，目不转睛地看着他向我展示的照片。

"我昨天在网上看到了这个。"他说，"这家伙是一名前宇航员，利兰·梅尔文。他在亚特兰蒂斯号航天飞机上工作。拍摄美国国家航空航天局的官方照片时，他偷偷带上了他的两条狗：杰克和斯考特。现在它们俩也在他的官方照里。看到了吗，科斯莫？"

我看到了。在照片里，一条狗舔着宇航员的耳朵，另一条狗则摆出了我很熟悉的姿势：半蹲半站地扶着人类的膝盖立着。

"我在想，"麦克斯继续说道，"现在他因为那张照片出名了。那是他真正出名的原因。利兰·梅尔文和他的狗——他们共同成就了这件事，没有人想看到他们分开。所以，如果……"他在床上变换了一个姿势，挺直肩膀。我快步凑近他的枕头。"这听起来有点儿奇怪，但你先听我说完，好吗？舞蹈俱乐部的那位女士提到过一个奖励。后来我查了一下。明年八月有一场全国范围的犬类自由式舞蹈大赛，获胜者将在一部重要的舞蹈电影中获得龙套角色。这部电影将在所有电影院里上映。"

我眨眨眼睛，试图以最快的速度理解这条消息。

麦克斯现在放轻了声音："如果我们赢了呢，科斯莫？你和我，如果我们参加比赛，而且赢了呢？最近爸爸妈妈一直在吵架，我只是觉得……我只是觉得，如果我们能参演这部电影，人们就会看见我们，认识我们——我们俩一起。然后，那甚至都不是个问题。我不会像学校里那个同学那样，被迫跟他的狗分离。在见过我俩那样之后，爸爸妈妈永远不会把我们分开，这一点比生命更重要。也许……也许他们甚至会观看我们练习，会回忆起：是舞蹈让我们成为家人，我们应该维持一家人的状态。"

他的话音消散在空气里，我努力跟上他的思维。比赛、电影、爸爸妈妈——线索全都在那里，但是……

"过来。"他摆弄着笔记本电脑，"看看这个。"

我们挨得更紧。突然间，音乐在我们四周响起，一条杰克罗素㹴从屏幕上掠过。小㹴犬后腿跳起，动作就像是艾玛琳在跳绳。它一个藤步，跳过主人的胳臂，跳到和她臀部一样高。在场外，评委们仔细打量着他们，大批观众爆发出阵阵掌声。

"我们可以在那家俱乐部非常努力地练习。"麦克斯说，"学习我们能学的一切。像这样跳舞。"

我听着、看着。

狗和它的主人是相互关联的。他们跳舞时是一个整体。

这个念头一下子戳中我心，我觉得自己仿佛从码头跳进了十分温暖的水里。我可以无比清晰地看到：我和麦克斯，摇摇摆摆地穿过绿田。通常，在电视机上，他们会把同一部电影反反复复播放。这种永恒让我十分震撼。那些舞蹈者！只要有人还在看这些影片，他们就会一直、一直、一直活下去。

"你觉得怎么样？"麦克斯问，他用手托着我的下巴。

我觉得我很担心。我的动作永远不会像屏幕上的小狻犬那样，也不会像俱乐部的边境牧羊犬那样：我的骨头太过疼痛，我的肌肉太过僵硬。有时候，陪麦克斯走一长段路时，我的腿会感到疲惫和酸疼——但是我隐瞒了这点。我掩饰着每一次皱眉，克制着每一次想要瘸腿走路的冲动。因为我在陪他散步，正如他在陪我一样，他值得享受这段户外时光。在舞蹈上，我也能做到同样的事情吗？我能为他做到足够好吗？

麦克斯把两只脚都晃到床外，仍然在等我回应。"跟我来。"他说。我跟了上去——我始终跟随他，我永远跟随他。

我不知道我们在找什么，直到我们发现了他：在后院里的雷吉舅舅。他站在黑暗中，没有拿手电筒。月亮又圆又大，他伸着脖子仰望天空。

"我在努力寻找你看到的东西。"我们走上草地时,雷吉舅舅说。

"那是大犬座。"麦克斯说。

"哪一个?"

"看到那颗特别明亮的星星了吗?"

"看到啦。"

"那叫天狼星,是鼻子。现在你往下瞧——看到三角形了吗?那是后腿。整个形状就像是一条狗。"

"哦,我看看。"雷吉舅舅说,我们三个都抬起头,"你知道嘛,你是个聪明的孩子。"

麦克斯的手指交织在一起,大拇指来回移动:"我能问你些事情吗?"

雷吉舅舅忧心忡忡地皱起眉头:"当然,小伙子,随便问。"

"妈妈告诉我,你打算去舞蹈俱乐部工作?"

"只是当志愿者。这是他们创办的第一年,所以他们需要帮助。我希望在开展自己的事业前,建立一些人脉。"

"训狗吗?"

"没错,训狗。"

麦克斯顿了顿，夜色里传来他掌心的汗味。"那么，你能训练科斯莫和我吗？去参加一个大型的自由式舞蹈比赛？你说过，你可以教狗怎么跑进作战区，嗅出地雷等东西的位置。所以跳舞应该很简单，对不对？如果有需要，科斯莫可以听指令。它会听的，我也会好好听话。所以，拜托了。拜托，我……我想让我们去参赛。不管你答不答应，我们都会去做的——但是，如果有你的帮助，事情会容易许多。"

我发现，我越来越难保持不动。麦克斯全身每一处都在叫嚣着：我想办成这事——这令我大吃一惊，被我们现实的处境所震惊。明白我们有可能会分开是一回事，但现在，我能感觉到，我真的能感觉到分离的痛苦。麦克斯在恳求——他恳求我们能够在一起，这意味着我们很有可能会分开。

雷吉舅舅俯下身，用手指梳理我的毛发："我很高兴能帮忙。不过，我想知道，你为什么这么迫切想参赛？"

麦克斯沉默了许久才回答："我……我想，这对我有帮助，能让我别一直那么害羞、那么焦虑。"

我竖起耳朵。他在撒谎吗?或者半真半假?他为什么不告诉雷吉舅舅所有真相?

"跳舞,"麦克斯说,"在一大群人面前跳舞。这对我只有好处,不是吗?而且科斯莫也没有那么老——它还能动。我见过它被激发潜能后,真正动起来的样子。我觉得我们能赢。"

雷吉舅舅的下巴抽了抽:"麦克斯,我不希望你抱太大期望……有些狗是很难训练的。"

"哦,"麦克斯说,他微微低下头,一下子泄了气,"你可能是对的,其实,忘了我……"

"等等,不用忘。"雷吉舅舅咬着嘴唇说。他心里有些动摇,把身体站得更直。"你和科斯莫——唔,你们之间有种特殊的关系。我能看得出来。我想,如果你们俩是舞伴,我们可以成功。但是我想让过程有趣一些,可以吗?"

"所以,你会训练我们吗?"

"我会训练你们。如果你愿意,我们甚至可以从《油脂》里提取些场景。你妈妈说,你很爱那些歌。"

听到这个,我再也没法儿坐着不动。我全身都在颤抖。突然间,我明白了某件事情——某件别的事情。麦克斯并没有告诉雷吉舅舅,我们为什么要去比赛。因为他跟我一样,害怕说出牧羊犬的名字。我们从来不会直接给自己的恐惧命名,或者大声把它们说出来;否则它们就会冲到我们面前,像鹿一样狂野。

麦克斯看着我:"呃,科斯莫,你准备好了吗?"

这让我想起了许多年前,爸爸问过的问题。我准备好做一个大哥哥了吗?我给了麦克斯同样的回答。

是的。

问一千次,我都是肯定的回答。

十一

数数并不是我的强项。数字——任何比 5 大的数字……都很容易从我脑子里飘走。但我专心地记着 8 个月又 11 天,因为舞蹈比赛还剩下这么多天。

"看起来还有挺长时间。"就在雷吉舅舅同意训练我们之后,麦克斯紧接着说。他缩了缩身子:"但也许,时间会过得像飞一样。好在我们每周可以去两次舞蹈俱乐部,而且我们课外也可以练习。我们需要那个电影角色,科斯莫。所以,我们得做好这件事。"

我牢牢把他的话记在心里,第二天喝了许多水。我睡得很晚,想象着成功的场面,而且那一晚——我在麦克斯的床边大幅度伸展着身子。他从笔记本电脑上探出头,问我:"你在做什么,傻狗?"我希望答案是显而易见的,但我并不确定自己掌握了这项练习。我没法检查,因为我的身边没有镜子。就算有,镜子里的那条狗也未必一直是我。有时候,那里面是另一条金毛猎犬,模仿着我的每个动作。

第二天早晨,当第一道光照进麦克斯的窗帘,我就准备就绪了。我躺在卧室的地毯上,等到再也等不下去,无视了我脊椎里的嘎吱声,冲动地朝麦克斯走去,用我的胡须挠他痒痒。

慢慢地,他睁开了眼睛。我喘着气向他问好。

"科斯莫,"他咕哝着,"这也太早了。"

没错!我告诉他,舔着他的脸,尝到了咸味、困意和他的气息。为什么麦克斯从来不舔舔我的脸作为回应?我感到很困惑。这难道不该是最常见的反应吗?我只能猜测,在这方面,人类跟猫一样,它们没法好好消化绒毛。我的胃可以消化各种东西:纸巾、比萨饼皮、少量纸板。人类错过了太多乐趣:鞋盒子、纸信封,把它们撕碎并吃掉的感觉太棒了。

"你嘴里有腊肠的味道。"现在,麦克斯对我说。我们鼻子碰着鼻子。我慢慢把头靠到他的枕头上。

"好吧,你是对的。我该起床了。"

他还穿着宇航员的睡衣,衣服边上印着小太空人。他悄悄穿上运动鞋,走进厨房。雷吉舅舅正在煮咖啡,浓香四溢。我不被允许喝咖啡,哪怕老年人似乎很依赖咖啡。我也老了——我总是这么告诉他们,试图不让自己被冷落。

"早上好。"雷吉舅舅说,"我以为你会睡懒觉呢。"

麦克斯朝我歪了歪头:"科斯莫想去散步。"

"如果你想回去睡觉,我可以带它出去。"

"谢谢,但我不讨厌这事。"麦克斯环顾房屋,视线顺着走廊转向爸爸妈妈的房间。他们的房门关着,背后没有动静。"其实,我挺喜欢安静的。"

"安静很好。"雷吉舅舅说,他一口气喝完了咖啡。他的嘴唇以一种我做不到的方式抿在一起,舌头紧紧叼在嘴里。如果你真正考虑过这点,会发现这是一件了不起的事情。"对了,既然你们俩都起床了,我们应该好好利用这段时间。做些训练怎么样?"

"跟我想到一块儿了。"麦克斯说。

就让他们相信,那是他们的主意吧。

在空旷的死巷中，麦克斯揉了揉惺忪的睡眼。我抬头去嗅周围的世界。这很滑稽：我们的社区过去似乎大得无边。当时我常常觉得，街道和人行道永无尽头。但我年纪越大，社区就变得越小。

饼干。这个念头占据了我的心。麦克斯睡衣的口袋里有饼干。透过布料能看到它们可爱的轮廓。鸡？它们会是鸡肉味的吗？

"食物能够激励科斯莫。"雷吉舅舅说，他仿佛能读懂我的心思，"所以，我们可以利用这点。每次它表现得好，就给它一点儿吃的。这样能巩固它的行为。"

我突然间想到了"饼干把戏"。去年，我不再只是坐着等待美食，麦克斯教我把一块饼干顶在鼻子上，保持平衡。我得告诉你，这并不简单：无论是保持平衡，还是保持耐心，因为香味就在你的鼻孔旁边。在抵挡不了诱惑的时候，我干净利落地把饼干从鼻子上吃进嘴里，狼吞虎咽，然后津津有味地打了个饱嗝。

但在我看来，跳舞比这要难多了。昨晚的狗粮在我胃里翻腾，带来了恐惧与无助。我是谁，我凭什么能做到?

"对了,"雷吉舅舅说,"我知道科斯莫有关节炎,但跳舞对这病真的很有好处。它动得越多,情况就会越好。我这么说只是想让你别担心。我在YouTube①上也一直有看犬类自由式舞蹈比赛,想了解一下目前的标准。跳最好的舞蹈动作,你是会有感觉的。"他的双手揉在一起,似乎在努力挤压空气:"我知道,我们还没有选歌曲。但我想让你思考一下,你要试图传达怎样的情感。科斯莫也要注意那一点。"

我把后腿蜷缩在身下,侧身躺了下来,听见麦克斯回答道:"我喜欢那个《油脂》的主意——我想要一首快乐的歌。"

"很好,"雷吉舅舅说,"现在,跟我讲一段快乐的回忆吧。"

"现在吗?"麦克斯问,他咽了咽口水。

"嗯哼,就是现在。"

"好吧……呃……让我想想。"我的下巴搁在

---

① 美国视频分享网站。

他的鞋尖上,他的脚趾在鞋子下屈伸着。"这不是什么大不了的事情——只是有一回,科斯莫在索亚公园追赶整整一群鹿。它脑袋里仿佛打开了某个开关,不管我们喊得有多么大声,它都没有回到我们身边。于是,我们所有人都追着它跑——跑啊、跑啊……直到最后,它停下脚步,回头看。见到我们,它好像真的很惊讶。这模样把妈妈逗得哈哈大笑,然后我们所有人都笑了起来。"

雷吉舅舅笑容满面,后退了几步。"好极了——现在,我希望你一边想着那段记忆,一边和科斯莫一起朝我走过来。只要走就行,就是这样。我们先从非常简单的动作开始。"

这事我可以做,我想。我站立起来,腿微微颤抖着。在我侧身躺完后,我的腿经常会颤抖。但此刻我心里想着当时的场景,想着我脚下松软的土地,想着我追赶白尾巴的鹿群的样子。麦克斯是对的:我被某种感觉支配了。那一刻我听不到声音,也看不见天空,我与地球融为了一体。我印象最深的是:当我舌头耷拉、脚步放缓时,转过身却发现他们都在——我的家人们,我追随了一生的家人们。我从来没有想到过，他们也会追随我。

"科斯莫，"现在，麦克斯开口道，"和我一起。"

"和我一起"是我很喜欢的一项指令：站在他身边，一只爪子放在另一只爪子前面。我们高高兴兴地走着，心情十分明朗。

"抬头，"雷吉舅舅说，他仍然在后退，"挺胸。"当我们沿着街道从一个邮筒走到另一个邮筒时，他停下来，递给我一份食物："好极了！真的很棒。以后我们学的每个舞步，都要保持这股劲头。"

麦克斯拍拍我的脑袋，我突然充满了自信。我没法儿解释原因——这就像是一场星爆，天空中留下一片绚丽——我决定抓住这种感受。这些年里，每当我目睹家人们在舞蹈之夜优雅地转圈，都会妄自菲薄：我绝对没法儿双腿站立那么长时间，也不能像人类这样灵巧又优雅地旋转。但是当一阵柔风吹过社区——就在这里，就是此刻——我尽了最大努力，全身心投入其中，平稳地转了一圈。

我的脖子很疼，腿上犯关节炎的地方隐隐发烫。

但是那个世界，朝我敞开了大门。

跳舞！我在跳舞！

麦克斯从口袋里掏出一块饼干喂我。"干得好，科斯莫。"他说完转向雷吉舅舅，"我甚至都不必要求它该怎么做！它自己就完成了动作！"

我知道我们都在想同一件事情：一头长颈鹿绝对不会那么容易就学会一个把戏。电影明星们，我们来了！

"那……那的确很厉害。"雷吉舅舅说，"现在，让我们瞧瞧，我们是不是能让它听从指挥做动作，也许挥挥手就可以。"

我们反反复复练习着——科斯莫，旋转！——麦克斯边说边转动手指。阳光洒进社区，人类拉开窗帘，拖着脚步走到门廊上，手里端着咖啡。当他们朝麦克斯、雷吉舅舅和我挥手时，我看到了他们脸上的表情：既惊讶又骄傲——我们中有一条会跳舞的狗。

"我想，今天我们做得真的很不错。"雷吉舅舅说。

麦克斯皱起眉头："但我们才刚刚开始。"

"我们已经训练半小时了——我们可不想让它第一天就累坏了。别担心。时间很充足。"

但愿雷吉舅舅是对的。

十二

接下来的一周,麦克斯去上学时,我就独自练习。有时候,电视上会播出经典的舞蹈电影,我重新燃起兴趣,研究里面的舞步——在书房里悄悄练习如何跃起、跳动、昂首阔步。我的一只耳朵始终聆听着门口的动静,所以门一开我就能候在那里:冲向麦克斯,朝小货车大吼,恳求雷吉舅舅开车带我们去社区中心。你也许会说,我是养成了习惯。我们越快把舞蹈加入日常生活,赢得电影龙套角色的概率就越大。

"科斯莫怎么了?"妈妈不断在问,"它以前可不会这样叫。"

但是她没有责备我。爸爸也没有。我想,内心深处，他俩都知道，我这么叫，是为了我们一家人。

没多久，就到了一年中最冷的时候。麦克斯和雷吉舅舅穿上保暖的衣服，准备前往宠物狗俱乐部。这时候，妈妈建议，也许该给我穿一件毛衣。这玩意儿的确存在，藏在柜子的最里面。我知道，因为就是我把它塞进去的。那件深蓝色的、羊毛的、丑陋无比的毛衣。我每次穿上它，就会被两千年的进化当面嘲笑。谢天谢地，在妈妈开始找衣服前，麦克斯就领着我出了门。然后，我们沿着寂静的道路嗖嗖地往前开，一路开到社区中心。

我们轻手轻脚地踩上俱乐部的假草坪，它闻起来有股雨中的皱塑料袋味。我立马活跃起来。我抬起头，告诉麦克斯，给我下个指令，我会服从的。

与此同时，雷吉舅舅说："我觉得有人在朝你招手。"周围有许多狗和人在走动，所以很难马上发现他。但是，哦！是奥利弗！上节课遇到的男孩儿正摆动手指，急切地朝麦克斯示意。

雷吉舅舅点点头："去打个招呼。"

麦克斯开口道："也许，我随便走走就好。"

但我已经用力拽着狗绳，从一群比格犬中间

穿过。

我发现，一些人类不擅长交朋友。对狗来说，这很简单：闻一闻彼此的气味，从同一个水盆里恭敬地喝口水，就能高高兴兴做一辈子朋友。但如果你是人类，要记住的事情就太多了：在这里握手、在那里露牙齿，要点头，但不能太用力。我尽力了。

我停在奥利弗的狗埃尔维斯面前，鞠了一躬。它也鞠了一躬。我们碰碰鼻子，闻了闻对方尾巴下面，轻轻咬了咬彼此的脖子。它东奔西跑，身上的黑毛看起来十分光滑。

"抱歉，它嘴里味道可能不太好闻。"奥利弗对我和麦克斯说，"今天早上它喝了卫生间的水。"

麦克斯皱起整张脸："好恶心。"

"我以为，它会惹出更大的麻烦。我是说，它已经惹出麻烦了。但今天早上，我在刷牙的时候，它偷偷朝我靠近。砰！它用头撞开门，冲进来。我抓着它的项圈，试图将它拉回来，但马桶里的水溅得到处都是。好吧，没有到处都是。但是——你知道的——水在它嘴里，还有地板上。之后我给它吃了些饼干，非常香浓的饼干，因为我觉得这样能把气味遮盖掉。不过现在我想了想,卫生间的水其实也没那么难闻——所以,也许它嘴里就只是饼干的味道。"

"也许吧。"麦克斯犹豫道。他摸了摸埃尔维斯光滑的下巴。

"总之,我希望它今天能学到点东西。我们还没试过任何把戏。埃尔维斯基本上什么把戏也不会,除非你算上大吼大叫,或者对着电视机上的狗咆哮。我怀疑它能不能跳好舞,但这其实没关系——因为光是跟它一起玩儿,就很开心了。嘿,我是不是话太多了?"

麦克斯眨眨眼睛,脸颊发烫:"什么?"

"话太多。"奥利弗重复道,"我奶奶说,我有时候太啰唆。我们上的是不同的学校,不然你可能已经了解这点了。我在帕克中学,你去的肯定是里奇韦,对不对?我听说里奇韦是所好学校,它们有一个很酷的实验室。"

麦克斯微微一笑。

在房间中央,葛丽塔——舞蹈俱乐部的教练,非常大声地清了清嗓子,仿佛吞了一只蜜蜂。我可以理解这点，因为蜜蜂非常诱人。抓住它们是一项成就。

"欢迎回来！"葛丽塔说，"我希望大家在见面会上玩儿得开心！现在，让我们切入正题。接下来的八个月，我们每节课将专注学习一个不同的舞步，然后逐渐将动作连贯到一起。比如鞠躬、后退、在腿中间穿行、旋转、打滚、左右晃动等等。你们应该还记得，这可是全国范围的大赛！奖品丰厚！我希望我们这个小俱乐部里，能有狗狗获胜。"

麦克斯低头看着我，我知道他在想什么：我们。获胜者得是我们。爸爸妈妈必须得看到我们在大屏幕上——完美无瑕、势不可当、不可分离。否则，风险就太大了：我和麦克斯，在不同的屋子里，天各一方。

"对了，"葛丽塔说，"大家要记住，虽然当狗学习新动作时，你们可以在练习过程中用吃的奖励它们，但在比赛中是不行的。那样会自动失去参赛资格——要让你们的手势尽可能地精确。今天，我们要学的是原地踏步。准备好你们的奖励食品！我会先给我的狗下指令，为你们做个示范，然后每个人都有机会尝试一下。听起来不错吧？现在，请大家围成一个大圈，让各自的狗走两步去……"

面条冲了出去。

"我的天哪！"它的主人大叫，"面条！面条！"

我这辈子从来没见过这样的柯基，跑得那么鲁莽、那么激动。它飞奔着穿过房间，粉色的项圈闪闪发光，狗绳在它身后一甩一甩的。太快了，一切发生得太快了：场面突然混乱起来。埃尔维斯开始咆哮，我可以从它眼中看出，它被诱惑了：它该不该加入这场追逐？埃尔维斯最后看了奥利弗一眼，迈出大步迅速跑开，化为一道黑影。两只吉娃娃紧随其后，露出小小的尖牙，咬牙切齿。它们身后是一条斗牛犬、一条哈士奇和一条可卡犬。

就在这时，我发现了它。

在一片混乱之中——或者说，引发这场混乱的——正是那头牧羊犬。恶魔！魔鬼！我震惊得嗓子发干。它昂首阔步走进来，故意放慢了速度。哦，我能闻到它！我隔着房间都能闻到它！一种麝香味，像老腊肠，混杂着某种神秘又古怪的气息。它抖落硕大的毛团，让我立马回想起万圣节的场景：牧羊犬穿着可怕的芭蕾裙，戴着仙女的翅膀，在院子里蹦蹦跳跳，仿佛自己是全世界的主宰。我觉得它的眼睛随时都会冒出红光。

但它此刻的样子随便极了，惺惺作态。它项圈上系了一个粉色蝴蝶结，狗绳软塌塌地牵在人类手里。它乖乖坐着，看起来像是条好狗。狗绳另一端是一位中年妇女，仿佛是牧羊犬的祖先。她的衣服松垮垮的，头发也乱蓬蓬的。她以同样的速度，拖着脚步，慢吞吞地走进来，脚上的拖鞋吧嗒吧嗒作响。

"新来的！"葛丽塔在一片汪汪叫里高喊，"欢迎！"

欢迎？我知道人类的鼻子很差劲，但葛丽塔肯定能看出发生了什么。瞧瞧它在一片混乱当中，是如何悠闲散步的！我的毛发全都竖起，腿气得直打战。因为我知道——我知道，牧羊犬来这儿是为了赢得比赛；为了窃取荣耀，偷走电影角色。

为了把我和麦克斯再次分开。

一般来说，我不会咆哮。我是一条金毛猎犬——一条家养犬，我要维护自己的名誉。但是，当牧羊犬那可怕的眼神落在我的方向，我内心深处有什么东西在轰然声中苏醒。一种原始的感觉、一股狼一般的冲动。我腹部深处发出响亮的咆哮——当然，咆哮声肯定传到了外界，听起来像汪汪叫。但牧羊犬明白我的意思——它听到了。

我决不允许，我说，我决不允许你毁了我们。

十三

牧羊犬很难捉摸。有时候,它跳舞的动作像马一样优雅。其他时候,它则很粗野,浑身乱抖。我不确定是该冲上前去,还是慢慢退开。在房间中央,葛丽塔正在和她的边境牧羊犬一起,演示如何原地踏步——抬起前爪,先右后左——我努力听着讲解。但我还分出精力关注着牧羊犬,一直关注着它。谁知道要是我移开视线的话,它会造成多大的危害?

"它需要把爪子再举得高一点儿。"雷吉舅舅说。

麦克斯弯下腰,轻轻抬起我的前腿——往上、往上。"就是这样,科斯莫,好孩子,你想要个奖励吗?"

我用半边嘴去嚼鸡肉点心（如果我完全转过头，那条恶魔犬可能会溜走），虽然点心咸咸的，味道不错，但是我不怎么喜欢。在对面，我的舞蹈对手已经以惊人的准确度掌握了踏步的动作——它的爪子比我举得更高，动作也更干脆——我开始有一种不祥的感觉：牧羊犬跳得更好。

"也许，我们可以试试把这些动作连贯起来。"雷吉舅舅说，"踏步和旋转。"

但我正在思考牧羊犬的毛。它蓬松的毛是一种天生的优势吗？这种毛夸大了旋转时的每一声"嗖嗖"。它甚至都不必尝试！

麦克斯点点头："好的，让我们来试一试。"

他们引导着我旋转、踏步、旋转，我发誓要比牧羊犬更加勤快，付出双倍的努力去练习，因为在舞蹈电影中，主角就是这么干的。他证明了自己的价值，也证明了自己的诚心。通常此处会有一首主题曲，在主角训练的时候，当作背景乐激情播放。为了不断前进，他还必须完成其他任务：爬台阶、打沉甸甸的沙袋，或者在坚实的地面上做俯卧撑。作为一条狗，我的选择比较有限，而且以我臀部的状况，爬台阶肯定不用想了。但是，我会尽我所能，尽我一切所能。我眼前浮现出我和麦克斯在电影里的画面，爸爸妈妈正看着大屏幕上的我们，他们明白我们俩密不可分。

这节课接下来的时间乱哄哄的，过得糊里糊涂。不过，我成功串起了动作，学会了我们这套舞蹈里最初的几步。埃尔维斯也成功掌握了踏步——我们离开俱乐部时，我眼角瞥见它正小心翼翼地大步穿过房间。它显然不确定自己做得对不对——因为它每走几步，都会犹豫一下——但它是个天生的舞者。面条则完全相反。哪怕是头长颈鹿，都能看出它缺乏基本的服从技能！不过它大胆的行为别具特色，说不定会得到评委的喜爱。

"你今天做得非常棒。"那天晚上，麦克斯对我说，"嘿，你有听到葛丽塔的话吗？选角导演会来看比赛，他将和裁判们一起给我们打分。为此，我们真的得继续努力。"

于是，在圣诞节前的那段日子，我们每天早上都会练习，我们在努力提升自己。雷吉舅舅喝着咖啡，麦克斯带着饼干，而我在逐渐进步：带着坚定的决心，一个舞步、一个舞步地跳，一个技巧、一个技巧地学。很快，我可以根据指令摆动后腿了！我可以按照节拍前后摇头了！令我震惊的是，接受训练的并不是我——不只是我。我和麦克斯在训练彼此。

旋转！我说。

他转了。

"摇摆！"他说。

我摇了。

我掌握得那么快，让雷吉舅舅十分惊讶。但是我知道，麦克斯明白，如果我失败了，会有怎样的危险。他记得那些快乐的回忆：我晚上会去嗅他的耳朵；我们用他的笔记本电脑看火箭发射；去汉堡店的时候，当陌生人通过我们的车窗递来一袋食物，他会咬下一小块肉，放到摊开的手掌上喂我吃。艾玛琳即将六岁、七岁，麦克斯即将十三岁、十四岁——而我可能会错过这些。如果我们被分开，我可能会错过这一切。

"我一直在YouTube上看比赛，"一天早上，麦克斯说，"许多狗会做这个'抓—跳'的动作。

我们可以试试看吗？"

雷吉舅舅说："那就去做吧。"

我们从"抓"开始，然后朝跳进发。麦克斯做了个示范，双腿跳离地面。雷吉舅舅把奖励食品举到半空。我本能地追了上去，够啊够啊够啊。我的两个前爪都离开了地面。这个动作只维持了一秒。

但这是精彩绝伦的一秒。

在舞蹈中，重复是关键。你第一次的表演正确与否，这并不重要。重要的是，你要不断把动作做对。这样到了比赛的时候，你才算做好准备。你甚至都不必思考，身体就已经知道了动作。因此，我们把"抓—跳"的动作重复了许多次。之后，我们三个在草坪上休息，看着天空中的太阳越升越高。一天中的那个时候，人行道上十分凉爽。我喜欢把身体躺在草地里，脑袋搁在人行道上。

"我不得不承认，"雷吉舅舅支着胳膊肘说，"科斯莫令我非常惊喜。"

"真的吗？"麦克斯说。

"真的。但如果它很快就遇到瓶颈，你也别惊讶。过去一周里，它差不多学了五个新动作。也许它会开始混淆。"

"噢,"麦克斯咬着嘴唇,"好吧。"

我们等待着,我们等待着阳光照亮一切。社区里的某个地方,牧羊犬发出了咆哮。

十四

我们舞跳得越多,我就越能感觉到我们家的变化,哪怕是很细微的变化。现在,大多数时间,厨房里都是烤牛肉的味道。清晨,雷吉舅舅的笑声回荡在门厅。他的毯子整整齐齐地叠在沙发上,我很喜欢。第三个靠垫下藏着的火鸡培根已经不见了,但我很高兴他找到了它——很高兴我能跟他分享那么特别的东西。

在早上,我和麦克斯会练习滑行、翻滚以及在舞蹈过程中保持眼神交流。"就在这里。"他说,在我们之间画了条无形的线,"看这里。"

我们心里始终想着表演和电影角色。

但有几个晚上,我们还是放松了一下。麦克斯甚至开始在睡前为我朗读。锻炼过后,我把酸疼的腿搁在他舒适的毯子里。

晚餐我们吃了芝士通心粉。夜里,我们躺在床上,耳畔那些美好的吵闹声又回来了:水流声、窗帘的拉动声、艾玛琳对着电视上的卡通兔子发出咯咯的笑声。我们一起拍照,甚至替我和圣诞老人合了影。每个人都对我说:"科斯莫,好孩子。"闪光灯亮起时,我试图摆出高贵又深沉的样子,但麦克斯告诉我,我的嘴唇一直被我的上犬牙卡着。"蠢狗。"他说,我们都大笑起来,拆礼物、装饰圣诞树,在客厅里的大电视机上看《布偶圣诞颂歌》。

我没听到任何叫喊声。因为,没有人需要叫喊。

所以,当纸箱送来时,我很害怕。

"你订过东西吗?"爸爸问,他割开胶带。

我脖子后面一个激灵,毛发直竖。我不确定自己是怎么知道的,但我能感觉到它:一种邪恶的东西入侵了我们家园。

"我没印象订过。"妈妈说,她在塑料中挖了挖,掏出一张纸,"这就说得通了。麦克斯、艾玛琳,上这儿来!外婆给你们寄了一份礼物。"

他们从卧室里跳过来，穿着日常的衣服，撕开包装纸。我发出一连串的汪汪叫——一种警告的叫声——但爸爸在嘴唇上竖起一根手指，让我安静点儿。为什么他们感觉不到空气里的变化呢？我焦虑地等在桌边，夹着尾巴，努力想看一眼盒子里的东西。

艾玛琳先发现了它，对着光线举起了那个小恶魔。

一条牧羊犬。一条迷你牧羊犬，毛茸茸的，眼睛闪着疯狂的光芒。

"这是什么？"麦克斯问。

这是什么？是最顶级的邪恶！是社区中的恶霸！是我最大的仇敌！

"这可能应该挂在圣诞树上。"爸爸说。他指挥麦克斯把它挂在比较低的树枝上。太低了，我想。这个距离，它可以安全地跳下去——也许甚至会爬到我们的后门去，把大牧羊犬放进来。

那天晚上，我虽然离那个恶魔远远的，但还在观察它：注意着它的位置，那位置一动不动；注意着它的微笑，那微笑露出尖牙，十分邪恶。麦克斯说，那条狗爪子上穿着小红拖鞋。"是圣诞的颜色？"我质疑道，"还是鲜血的颜色？"

第二天，爸爸妈妈又开始吵架。我内心感到极度焦虑，害怕我和麦克斯会被迫分离，去不同的房子里。有几个小时，我觉得整幢房子都在颤抖。雷吉舅舅把麦克斯、艾玛琳和我带到了后院，在那里，我们假装什么也听不到、看不到。之后，我发现麦克斯蜷缩在浴缸里，没有开水龙头。我呜呜叫着，把下巴搁在浴缸边沿，但是他没有看我。他眼里只有自己膝盖上放着的、艾玛琳的塑料鸭子。我说过，鸭子们无聊极了。我知道，他在想别的事情。

"你觉得，这样真的会有用吗？"麦克斯终于把鸭子放到一边，开口问我，"拍电影？我们，跳舞？"

有用，我说，因为它必须有用。我坐在浴室垫上，下巴贴着柔软的织物，下定决心要对那只迷你牧羊犬做些什么。我们放它进房间，就等于把悲伤放进来。

大多数情况下，我能直面敌人和恐惧。举个例子，我以前很害怕洗衣房，但现在它咔嚓咔嚓"吃"

衣服的动静不再令我毛骨悚然。我站在门口，一连听了三次洗衣服的声音，很是沉醉。同样地，原本我不太喜欢在车开动时，将头探出窗外——直到我尝试了一回。哇哦！我告诉你，微风拂面、疾风从耳边呼啸而过的感觉，真是太妙了。我们沿着空旷的高速公路疾驰，我学会了去爱上眼皮震颤的感觉。

但牧羊犬向来是不同的。它是巨大的变数，是我视线中的一个黑点。我不想低估我的迷你对手。

我希望有备无患。

接下来的两天，屋子里非常、非常安静。爸爸妈妈去上班了，雷吉舅舅带着艾玛琳和麦克斯出门了。我不知道他们去了哪里。我只知道，门铃会时不时地响起。我很享受它，因为它打断了我的日常，我可以对着邮递员大叫。我们收到了许多包裹，一些放在纸箱里，一些则用彩纸包着。我把每样包裹都从头到脚嗅了一遍，以防还有别的牧羊犬在等着我们。

圣诞夜，艾玛琳戴着一个金闪闪的光环，冲进麦克斯的房间。她蹦啊、跳啊。"妈妈说该走了。"然后她跳上麦克斯的床，把脸埋在我的毛里，温暖的手指抚着我的后背,"我真希望你也能一起去,科斯莫。"

我也希望。

艾玛琳在我们镇上的圣诞剧里扮演一个天使,她要和一群动物坐在一起。我不记得其中是不是有牧羊犬,但这个画面一直留在我的脑海:艾玛琳在马槽里,四周全是灰白相间的长毛。

"我准备好了。"麦克斯说,他关上笔记本电脑,揉了揉我的头顶,"好好看家。"

这是一项艰巨的任务。我不知道他是否明白这有多难办。

很快,他们五个都走了。我听见车库的关门声,小货车驶离了信箱。我知道,时机到了。为了家人的安全,我必须独自面对迷你牧羊犬。

我拐入客厅,首先看到的就是它阴险的表情。我突然停在地毯上,壮了壮胆。然后我露出尖牙,大声咆哮,往前冲,紧紧咬住那条恶魔犬,狠狠摇晃。

哦,甜蜜的胜利!那感觉太棒了!

但是,没过多久,我意识到自己犯了个错。这个材料太厚实、太坚硬，嚼得我嘴疼。吞下去是唯一的选择。我扬起头，想法很乐观。但是小恶魔犬还在抵抗，它穿着拖鞋的爪子紧紧抓着我的喉咙。

我没有慌——至少没有立刻就慌，这点值得赞扬。这已经是我第四次被一样东西卡住喉咙了。前两次发生在我小时候：是公园里的小棍子，我吞得太快了。第三次是沾着鹅粪的一小截绳索玩具（如果你真的闻过鹅粪的话，你就会明白它有多诱惑）。但我非常清楚，这一次是不同的，因为附近没有人来救我。

我用爪子扒着嘴，试图弄松牧羊犬。我不停地咳嗽、喘息。

我开始焦虑了。

我开始恐慌了。我的心怦怦直跳，像爪子砸向人行道的声音。我不能就这么完了，我想，我不能就这么完了。我们的电影角色！麦克斯和我几乎还没跳过舞呢。

我觉得脑袋轻飘飘的，天空中迅速闪过一道光——

前门被打开了。

是麦克斯的脚步声和说话声："雷吉舅舅忘了他的钱包！你有见过吗，科斯莫？你——"他停在门厅，看到了我的样子。我在反胃。麦克斯很聪明，马上明白了原因。我突然意识到，自己是那么、那么爱他。

"哦，哦，不，"他说，一下子满脸惊恐，"爸爸！妈妈！"

之后的一切发生得很快：麦克斯用发抖的双手撬开我的嘴。爸爸、妈妈和雷吉舅舅冲过草坪。爸爸把手指伸到我的喉咙里，取出了堵塞物。

"你吃了牧羊犬？"过了片刻，妈妈盯着爸爸掌心里那团沾着口水的东西，问我，"你到底为什么那样做？"

我又能呼吸了！我激动不已，无暇回应。如果我要回答，我会说：因为必须有人去做这件事。

"现在我们不能离开它。"麦克斯对妈妈说，"它能不能……有没有什么办法，可以让科斯莫和我们一起去？"

爸爸说："没有地方让它……"

"拜托，"麦克斯说，"拜托了。我真的需要科斯莫在我身边。我……万一出了什么事……我不能失去它。"

雷吉舅舅鼓起腮帮呼了口气。"我想，我们肯定能想出解决办法。"他看着爸爸妈妈，"拜托，这可是圣诞夜。"

于是，我被小心翼翼地抱进了小货车的后排座位，麦克斯和艾玛琳坐在我两边。收音机里播放着一首欢快的歌曲，名叫《圣诞雪人》。如果你不熟悉那首歌，我告诉你，它讲的是：一个雪人找到一顶魔法帽，于是拥有了生命。你知道变活之后，他做的第一件事情是什么吗？跳舞。

这首歌真是鼓舞人心。

十五

麦克斯必须偷偷带我溜进剧院。"安静点儿，"他说，"尽可能保持安静。"我照办了，我的爪子几乎没发出一点儿声音。我瘫坐在两把椅子中间，有些人祝我圣诞快乐，友善地摸摸我的脑袋。

艾玛琳在剧中的表现很棒，虽然我被她鸟一样的翅膀吓了一跳：那带着羽毛的大玩意飘浮在地板上（当她在舞台上朝我挥手的时候，我没有朝她喊叫，甚至都没有呜咽）。之后，我们在教堂地下室吃了苹果派、喝了热苹果酒庆祝。我被允许用纸杯喝几口，麦克斯的手稳稳将杯子举到我面前。回到家后，在圣诞灯串的微光下，他喂我吃了胡萝卜条。"别告诉任何人。"他说着，揉了揉我脖子后的褶皱，

"它们是要留给驯鹿的。"

我轻轻地嚼着萝卜条。

我知道怎样保守秘密。

没多久,艾玛琳换上特别的连袜睡衣,上床去睡觉。"这一件是雪人。"她骄傲地告诉我,扭动着脚指头。爸爸妈妈径直朝自己的房间走去,房间里传来纸张窸窸窣窣的声音。我可以听见美好的噪声:他们在拉扯缎带、切割胶带。客厅里只剩下雷吉舅舅、麦克斯和我。我们扑通一下坐到地上,看着那棵缺了牧羊犬的圣诞树,在黑暗中一闪一闪。

"你知道吗?"麦克斯说,"两年前,科斯莫把圣诞树给撞倒了。"

雷吉舅舅大笑:"真的吗?"

"我们从杂货店回来的时候,它看起来是那么愧疚。地上到处都是装饰品。"

我对这件事印象很深。那时候,我还很能跑。我正追着闪烁的彩灯,转啊转啊,在硬木地板上滑了一跤,肚子顶到了树根。伴随着一声响亮的撞击声,树倒了,树枝覆盖在我身上。后来,麦克斯跟我说过一句人类的哲言:如果在森林里倒下了一棵树,但附近没有人听见,它算不算发出了声音呢?我思考这个问题的时候,认为它是不正确的:树木从来不会真正落单。它周围总有动物,比如我,就会听见它倒下的声音。

"有科斯莫这样的狗,你真的很幸运。"雷吉舅舅说,"但我想,你肯定知道这点。"

麦克斯点点头:"它是世界上最好的狗。"

我坐得更直了。

"你知道你可以向它倾诉。"雷吉舅舅说,"你也可以向我倾诉,你想说什么都行。我觉得,我们两个都是很好的聆听者。"

麦克斯变换了一个姿势,双手被彩灯衬得蓝莹莹的:"唔,我是有事想问。"

"说吧。"

"你不一定非要回答。"

"行。"

"后来……"麦克斯开口,抿着嘴,似乎不知道如何把话说完,"后来你的狗怎么样了,罗西?你想念它吗?"

雷吉舅舅伸手摸摸脑袋,现在他新长出的头发看起来更加柔软。我不知道他的头发是不是像麦克斯一样卷，也很好奇：如果有一天，麦克斯留了长发扎辫子，会是什么样子。"我一直很想念它。每一天都在想。它是我最好的朋友，但它有工作，而我们的工作不再是同样的内容。"

"但你之后能把它接回来，对不对？"

"我在努力尝试。"雷吉舅舅说，"有时候，我们只能尽力而为。"

麦克斯低头看着膝盖："你觉得，它舞跳得好吗？"

"罗西不管做什么都很优秀。它超级聪明。也许都有些聪明过头了。当时在基地里，我们管它叫'胡迪尼[①]狗'，因为它能从任何地方逃脱：皮带、马具、狗窝。有一次，我甚至把它关在了我的房间里，但它用牙齿转开了门把手。哦，对了，它很爱吃花生酱。"

麦克斯微笑起来："科斯莫也喜欢。"

"我想，狗都喜欢。"

房间里传出几声噪声：水龙头哗哗地流着，一

---

① 哈里·胡迪尼（1874—1926），匈牙利裔美国魔术师，享誉国际的脱逃艺术家，能不可思议地解绳索、脚镣，从手铐中脱困。

根树枝在敲打窗户。

"你妈妈有没有告诉过你，"雷吉舅舅说，"在军队里，是狗挑选训狗师的？我们所有人在场上排成一列，狗一路鼻子嗅着朝我们走来——选择它们喜欢的人。而且它们的级别也在我们之上。"

麦克斯扬起眉毛："真的吗？"

"没错。所以，假如它们违反命令，也不会惹上麻烦。通常，罗西是个很好的听众，但有时候——天哪！"他大笑出声，随即又戛然而止，"天哪，我好爱那条狗。"

我跑进跑出，他们沉默地坐着，气氛却并不尴尬。我们拖着脚步朝床走去，我不知道罗西怎么能忍受得了别离。远隔万水千山的距离。所以我清醒地躺着，听着麦克斯的呼吸声。我看着他的肚子一起一伏，心想：拍电影的人要怎么捕捉他最好看的角度——因为他从所有角度看都很棒。

早上，我们醒来时闻到了厨房里的香气。肉桂卷！鸡蛋！牛奶！麦克斯揉揉眼睛，然后掀开被子，俯下身拍拍我的头顶。"我觉得你肯定会喜欢我给你的东西。"他说。我告诉他，我希望那是厕纸，再不济，至少得是只猫吧。

艾玛琳在门外迎接我，手里挥着一个毛茸茸的东西。我突然意识到那是什么：一对驯鹿角。它们立刻被戴到了我的头顶，安在我耳朵后的凹陷处。太尴尬了。这比乌龟壳背心更糟糕。也许这就是我吃胡萝卜条的代价。

"太可爱了。"妈妈咧嘴笑着。

"它不喜欢。"麦克斯说出了我的心声。

雷吉舅舅只是哈哈大笑。爸爸解开长袜子。艾玛琳拆出一件新的超人斗篷。麦克斯打开盒子，拿到了一套月球岩石。他举着它们，激动得屏住呼吸。我真希望这是我送给他的礼物。

"等一下，"麦克斯突然说，"我想让科斯莫打开它自己的礼物。"

"你替它打开吧。"妈妈说着抽走了缎带，"昨晚之后，我真的不放心它用嘴去咬任何东西。"

于是，麦克斯撕掉包装纸，拆开礼物。"你喜欢吗？"他问，在我鼻子跟前摇着一只玩具猪。猪的胃部发出了哼哼声。

"叫它哼哼先生。"艾玛琳宣布，"科斯莫和哼哼先生。"

虽然我并不喜欢这个名字,但是它的确挺直白的。就好像你管爸爸叫"人类先生"一样。我小心翼翼地用嘴去拿这个玩具,开始爱上它毛茸茸的触感。我这辈子所有的毛绒玩具最终都令人失望:我那么努力想让它们沾上我的气味,可是后来,正如它们突然闯入我的生活,也突然被扔去洗了,去洗了!但愿哼哼先生会有不同的命运。

包装纸被放好后,我设法用爪子取下了鹿角。我的家人们都裹上了围巾。我们出发去外面散步,草地上的霜冻正逐渐消融。艾玛琳从人行道的裂缝上跳过。我试图加入她,用尽全力跳啊蹦啊。虽然我的身体有各种酸疼,但这是我的第十三个圣诞节——我想去享受它。

中午左右,爷爷奶奶来了。我很惊讶。——为什么他们老是要来?但我还是从容接受了这件事。如果麦克斯和艾玛琳见到他们很高兴,那我也应该高兴。

"我大老远从家里给你们带了盒磅蛋糕[①]!"这

[①] 磅蛋糕,因用一磅黄油、一磅糖和一磅面粉制成而得名。

是奶奶说的第一句话，但我想象不出来为什么会有人想吃"河浜"蛋糕。我在电视上见到过河浜，那似乎是个很糟糕的地方，并不适合烘焙。她仍然穿着一件硕大的、牧羊犬毛一般的毛衣。那毛一抖一抖的。在她身后，爷爷拿着一束鲜花冲进屋来。爸爸说那花好闻极了。但很显然，没有任何动物在上面撒过尿。我嗅了又嗅，它们本可以有更好的味道。

爷爷放下手提箱，帮助爸爸给客厅里的床垫充气，然后径直朝后院跑来。我正坐在自己最喜欢的网球边上，就是那只破旧的、带牙印的网球。突然间，他弯下腰，抓起球，凑近我的脸摇了摇。"你想要它吗？去拿吧！"我看见他的胳臂在冰冷的空气里做出投掷的动作，但是球从未离开过他的手。我把脑袋歪到一边，意识到：这是一个诡计！诡计！

"去拿吧。"他继续说，试图把球藏到背后，"去吧！"

我才没那么容易被糊弄呢。

最终，他真的扔出了球——扔在松鼠待的灌木丛附近——我恼火地取了回来，把球丢在他脚趾上。我有了一个主意——我也要捉弄他，报复回来。就在爷爷弯腰捡球的时候，我抢先抓住了它！我慢步跑开，尾巴胜利地摇着，用牙齿牢牢咬住球，那感觉非常棒。

我一直在等着事情变糟，等着爷爷奶奶破坏幸福的时刻。但那天晚上，我们聚在桌边——我待在桌子底下——我开始相信，今天一切都会变好。因为，我们放声大笑。雷吉舅舅唱起《快乐的圣诞老公公》。我们吃了太多火腿，吃得肚子圆滚滚的。就在上床之前，麦克斯还给我喂了一块燕麦饼干。饼干好吃极了，我的口水都流到他腿上了。

"你真的是条好狗。"快睡着之前，他这么对我说。

今天是个好日子。我心想，搂住了哼哼先生。一个非常好的日子。

十六

有时候,我睡不着,就会试图回想自己最快乐的时光。它们明晃晃地在我眼前闪过:和麦克斯的夏日海滩之旅;艾玛琳的三岁生日;某次电影之夜,一整碗爆米花翻在地板上,我把每一粒都铲进了嘴里。

圣诞节后的早晨,趁麦克斯还在睡觉,我抓紧机会在脑中复习了一下舞步:旋转、踏步、抓——跳。我们有一段精心编排的舞蹈——如果要赢得电影中的龙套角色,我需要一丝不差地记住它。我把哼哼先生侧身放下,鼻子拱到它身子下面,用它遮住我的眼睛。这有助于摒弃外界干扰,有助于我集中精神。

"如果你喜欢，可以把它带着。"那天下午，在我们去舞蹈俱乐部的路上，麦克斯说。他捏了捏毛绒玩具的肚子，引诱着我，但我婉拒了。牧羊犬肯定会看到我的猪玩偶，并想要据为己有，用它的口水弄脏哼哼先生的纤维。我已经打了那么多架，我不确定自己是否能再多应对一次。

那天，雷吉舅舅把剩下的饼干带到了舞蹈俱乐部：亮晶晶的小饼干，带着碎糖屑。奥利弗一次往嘴里塞了好几块，然后扔了一块给埃尔维斯，它一下就用门牙接住了。

"圣诞节有收到什么好东西吗？"奥利弗问，他脸颊鼓鼓的。

麦克斯摆弄着我的狗绳："是的，呃，一些月球岩石，还有……唔……最新的《星球大战》漫画。"

"伙计！"奥利弗脱口而出，"我什么时候能去你家玩儿？别跟我剧透任何情节……噢，我不是不请自来。对不起。但说真的，我能去你家玩儿吗？"

麦克斯点点头，全身的紧张气息渐渐消散。

人类尽情吃着剩下的饼干，我们狗则高高兴兴地围着水盆挤作一堆。有那么一会儿，我觉得自己很幸运：通过打败迷你牧羊犬，我也打败了大牧羊犬。它不在这里！它没有在角落里阴险地蹦跶，抖着毛发，摇着尾巴。但后来它出现了，以一种令人发狂的优雅姿态，大摇大摆地走进房间。我回想起——再一次回想起——那穿着拖鞋的爪子抓着我喉咙的感觉，我在圣诞树边踢着脚大口喘息的样子。

恶魔紧跟着它的主人，练习快速"翻身"，这个动作我许多年前就会了。不过，总体来说，它的动作更加有力，而且也经过了更专业的编排，更加时尚。我看着它，等待它亮出那尖锐的门牙。也许，它察觉到周围人太多了，有太多的潜在证人。

人类觉得它是一条好狗。

面条试图重新夺回我的注意。它咬着我的脖子，用鼻子轻轻推我。它的腿太过短小，跳舞时几乎很难被注意到。但它一直动个不停，老是变成一团影子在房间里窜来窜去。"面条……总是随心所欲的。"它的主人说。麦克斯告诉我，这句话的意思是："面条什么也没学会。"它一点儿也不听话，毫无技巧可言。我的进度比它快太多了。

话说回来，埃尔维斯的进展非常大。它的转身很干脆，跳得也很高。虽然我努力不把它当作竞争对手，但我还是忍不住要想，为了赢得电影里的龙套角色，我和麦克斯必须跳得比这间屋子里的所有狗都熟练。

葛丽塔在某一刻关小了音乐。她穿着一件令我害怕的圣诞毛衣，上面有两只金鱼眼正瞪着我们，像牧羊犬一样野蛮。"好了！"她说，"我希望你们都过了一个愉快的假期！现在马上就要新年了，这意味着我们得加快速度，开始把那些动作串联起来了。你们应该自己编舞，多思考一下舞蹈的艺术性。我一直在教的一个大动作是倒退行走。有些狗实在不喜欢这个动作，尤其是听从命令这么做。但让我们试试看吧。各就各位！"

我和埃尔维斯与其他狗一起排队，肩并肩围成一个大圈。我们聚在一起，学习手势暗示。这次的把戏更加难学。我试图倒退，仿佛我天生就会，仿佛我从没用别的方式走过路。我太想给麦克斯留下深刻印象，太想维持我们已经建立的良好势头，但我的腿拒绝朝正确的方向移动。

我们尝试了一遍。

又一遍。

又一遍。

"没事的。"麦克斯告诉我，他的手掌轻轻拢住我的耳朵。

但怎么会没事呢！这是我第一次被难倒！如果再给我点儿时间，让我能在脑中演练一下，把握住其中的逻辑……

"它也许遇到了瓶颈。"雷吉舅舅说，"它之前进展得太顺了，我能理解它现在遇到了些问题。"

我心里只能想到牧羊犬。它在房间的角落里嘲笑我，毛茸茸的肚子里发出了轻笑。我灵光一闪，意识到：在那场和迷你敌人的战斗里，我丢失了某些东西。当那个金属恶魔抓住我的喉咙时，它偷走了能偷的一切：我的精力、我的专注力。它偷啊、偷啊、偷啊。现在，所有事情都变得更糟了一些。这很令我担忧。

电影中的狗应该要有能力倒退行走。

新年到来前的几天，雷吉舅舅最后一次叠起我们沙发上的毯子。我很难过，我没有更多的培根能与他分享。他要离开了，他把好闻的衬衫都放进了一个硬邦邦的手提箱里。我舔了舔他的耳朵，还有他手腕上的棕色肌肤。"我知道，我知道，"他说，"但我真的没打算走太远。"

我一直在听家人讲话——他们告诉我，雷吉舅舅有一份训狗师的工作，上班地点就在这个镇上。他买下一块地，种着枫树，还造了一座黄色的小房子。我和麦克斯无论什么时候想去，他都很欢迎。"真的，"汽车逐渐远去时，他告诉我们，"随时欢迎。"

我知道，这应该会是某件事的开端。我相信雷吉舅舅，也相信我们会再次见到他。但我也有些怀疑，这同样是个终结。现在，我们在死巷子里的每个清晨，是不是只剩回忆了？我已经开始渴望那样的时光：学习一个接一个的舞步，把爪子举到空中，身体靠在凉爽的草地上。

人类有太多能见到彼此的方式：他们有汽车、公交车，以及很容易就能把门打开的手指，他们可以随时离开屋子，随心拜访他人。我从来不曾明白那样的自由，束缚教会了我耐心：我必须等在门边，脑袋搁在爪子上,竖起耳朵聆听脚步声。

我已经开始想念雷吉舅舅的脚步声。

他坐在汽车里,挥手告别。接下来的几天,我一半的时间都待在沙发上,下巴枕着他的毯子,这样他的气味仍然跟我们在一起。没有了他的房间变得很陌生。夜里,为了转移注意力,我在院子里挖了几个小洞,用臼齿狠狠咬碎我能找到的每一粒松果。"你到底是从哪儿找到这些的?"麦克斯边说边清理床下的松果碎片。不过我想,他能理解我。我觉得,他的心情也不好。

除夕夜到来时,我差不多松了一口气,哪怕这是一年之中第二糟糕的夜晚。蓝色的大火球在天空中炸开,空气震动得比暴风雨时更厉害。社区里到处都是狗的嚎叫。所有放烟火的晚上,我都能感觉到自己和狗类朋友们关系更加亲近,我们的嚎叫声融为一体。其中唯一缺失的,是牧羊犬的叫声。它没有叫。我只能猜测,它皮毛里有某种东西能使它对那晚的噪声免疫。

那天晚上,艾玛琳敲了麦克斯的门,把我们俩都吵醒了。当时我们头靠着头进入了梦乡,正梦见电影相关的场景。

"麦克斯?"她说。

麦克斯仍然闭着眼睛。他咕哝道:"怎么了?"

"妈妈想知道,你还想不想去今晚的派对,在那位可怕的女士家里。"

"呃,我很累。"

"拜托了,你能去吗?那里有很多杯子蛋糕吃!"

我很高兴麦克斯和我一样——他想让艾玛琳开心。我之所以知道,是因为他推开床单、系上鞋带,很快,我们就出了门。我们五个快步走进死巷,妈妈手上提着一大盒火鸡辣酱汤,摇摇晃晃的。夜也许还年轻,也许已经老了——我依旧搞不清这种表达方式——但不管怎样,这是一个凉爽的夜晚,天空中,月光皎洁。

"雷吉舅舅今晚在做什么?"麦克斯问。

"我想,他会去邻居家参加派对。"妈妈说。她又戴起了头巾,是那条有着星星图案的。"不过如果你想的话,之后可以给他打电话。他肯定喜欢接你的电话。"

爸爸低头打量我。"你确定辛西娅完全不介意我们带上科斯莫吗?"

妈妈耸耸肩:"她让我带上它的,它能陪波尔玩儿。"

"我只是觉得,别人都不会带一条狗去参加派对。"

麦克斯插嘴说:"可科斯莫是最棒的客人。对不对,小伙子?"

千真万确,虽然我并没有去过太多派对,但是在去那位可怕女士家的路上,我拿出了最好的表现。她家是我们街上的第二幢房子:一座深灰色的平房,装有白色的百叶窗,车道上有条大裂缝,艾玛琳能一跃而过。他们家也种了松鼠待的灌木丛,但更矮小、树枝中的空隙更狭窄,你很难把头探进去。房子里一片喧闹声。

麦克斯按响了门铃。几乎一按下,可怕女士就开了门。

"你们来了!"她朝我们大喊,亮闪闪的裙子微微晃动。她的气味太刺鼻了——是橡胶和玫瑰的味道——她的爪子总是长得可怕。

今晚,她把指甲染成了蓝色。"你们能来我太高兴了！艾瑞克！艾瑞克，瞧瞧是谁来了！你带了辣椒！我可喜欢辣椒了，哈——哈——哈！请进，快请进。"

麦克斯、艾玛琳和我迅速跑进她家后院。那里是一片乐土，种着松树，地上还掉落着玩具。到处都是波尔的气味——草叶尖上，以及院子里的各个地方。但是它在哪儿？在屋里吗？

我没有思考太久。

有人喊着："来啦！"德国短毛指示犬，波尔，从侧门冲了出来，打翻了一盘食物，一头撞向一个塑料的花园小矮人玩偶。它一点儿也不紧张，绕着花坛跑了个"8"字形，然后朝我扑过来，翻了个身，露出肚子。它抬头看着我，眼睛笑眯眯的，只有狗才能这样笑。

你好呀，它说。

我舔了舔它的鼻子作为回应。

过了一会儿，越来越多的孩子开始溜进后院。我们玩儿起了扮演宇航员的游戏。这是一个很棒的游戏，大家绕着草地慢慢散步，假装自己在太空里。我立刻就爱上了这个游戏。本质上，我是一个梦想家。

烟花开始绽放时,波尔狂暴地喘着气,颤抖着,咆哮着。我不由自主地加入它,直到麦克斯用胳臂搂住我。"没事的。"他说,用手指梳理我脖子前面的软毛,"没什么可怕的,我在这里。"

天空裂成碎片,光芒照亮我们的脸庞。我们周围是持续的轰隆声。

麦克斯坚定不移地守在我身边。我想告诉他,他很勇敢、很聪明、很强壮。所以,我一遍又一遍地用脸去蹭他的脸,直到清楚传达我的意思:你很棒、很棒、很棒。

"麦克斯?"艾玛琳悄悄走到我们身边说,"我找不到爹地和妈咪了。"

"他们肯定在屋子里的某个地方。"

"但是我找不到他们。"

麦克斯用另一条胳膊搂住她:"好了,跟我们玩儿一会儿。"

艾玛琳踢着脚,运动鞋的两边碰在一起,然后又弹开。

"我想念雷吉舅舅。"

麦克斯告诉她:"是的,我也想他。但我们会经常见到他的……我想会的。"

"比如,在舞蹈俱乐部?"

麦克斯点点头。

艾玛琳很小声地问:"我可以去吗?我可以帮助你们赢得电影角色。"

我虽然被天空中的砰然巨响吓得瑟瑟发抖,但我的尾巴仍然在前后摇摆。我没想过这点:艾玛琳要怎么帮助我们训练?但她在许多方面都很优秀。她的侧手翻做得棒极了,跑起来也特别快,还能迅速原谅别人——在许多个夏天之前的某一次,艾玛琳给我看一只顺着她手往上爬的萤火虫。"这代表好运。"她告诉我,"一只幸运的萤火虫。"结果,我吃掉了它。我吃掉了它,把艾玛琳惹哭了。但那天,她后来还是让我在她身边的洒水车上跑着玩儿,我抖着湿漉漉的皮毛,我们捧腹大笑。艾玛琳是个很特别的人。

麦克斯肯定察觉到了我的想法,因为他说:"我喜欢这个主意。"

我们头顶,烟花在不断绽放。我们肩并肩,看了剩余的表演。

十七

"好久不见。"雷吉舅舅说着,张开双臂拥抱麦克斯和艾玛琳,"我们有一周半没见了吧?"

我在他们脚边耐心等待,直到轮到我。在某些人面前,我从来不会露出自己的肚皮,这让我觉得太暴露、太容易受伤。但在雷吉舅舅面前,这个动作就非常自然。我转身躺在社区中心的柔软草坪上,后腿张开,肚皮朝天。他弯下腰,拍了我好几下。

"它大约记得二十来个动作。"麦克斯说,"所以,我们是不是完成了一半的编舞?不过,它的后退动作最多只能走两步。我每天都在和它一起练习,但它的腿总是磕磕绊绊的。"

"我们可以解决这个问题。"雷吉舅舅说。我注意到，他的鞋子上有其他狗的味道，脚趾处还沾着毛，鞋子边上紧沾着一团毛。"我们今天有一个大型的练习课程。"

"我来帮忙。"艾玛琳骄傲地说，她双手握在背后。

"很高兴你能加入。"雷吉舅舅告诉她，然后他低头对我微笑："准备好了吗，小花生？"

小花生。麦克斯有时候会叫我小花生，还有蠢狗。有时候，我真搞不懂人类和他们的昵称。麦克斯的昵称太多了，家人和朋友们会管他叫麦克西姆斯、麦克西米兰、麦克斯威尔、宝贝、甜心、亲爱的、伙计、哥们儿、小伙儿。但对我来说，他只是麦克斯。永远是麦克斯。我喜欢它的简洁，喜欢它短促的发音。我可以想象自己大声说出他的名字。

我告诉所有人，我准备好了。

社区中心今天的味道有些奇怪——我意识到这是因为牧羊犬已经来了。我发现它在房间另一头，爪子上有泥斑。这件事本身就很令人担忧：外面可没有泥巴！所以，它的毛发是怎么沾满泥垢的？它肯定不知从哪儿变出了泥巴，或者起了一个大早，在泥土还沾着露水的时候,偷偷去森林里玩儿了。我冲进门时,牧羊犬拒绝与我对视——它很嚣张,也很紧张。牧羊犬朝主人鞠了一躬,疯狂扇着耳朵,左右摇摆,仿佛在尝试起飞。

面条在房间另一头,追着自己粗短的尾巴。恐怕——就它而言——是永远追不到的。有时候,尾巴很狡猾,有自己的思想。无论你转得多快,它们都会停在你差一点就够到的地方。但它继续追着尾巴,无视了试图下令让它踏步的主人。面条仍然没有掌握任何动作——无论是跳跃、穿行还是鞠躬——但这似乎对它毫无影响。它常常笑容满面、吐着舌头,舌尖就盖在龅牙上。

在这种强烈对比之下,埃尔维斯和奥利弗就显得进展神速。埃尔维斯不再犹豫不决,变得越来越大胆。它的动作比我更干脆,更……

等一下!

牧羊犬今天带了一个玩具,一条瞪着眼睛的长毛鳄鱼。不知道这是不是牧羊犬的致命弱点。每次舞蹈间隙,牧羊犬都会轻轻去推玩具——用嘴咬住、叼起、摇晃。也许面条的想法和我一样,因为它趁人不备，迅速朝玩具扑去，小短腿快步跑开。鳄鱼差不多有它一个头大，悬挂在它嘴边。那一瞬间，我有种罪恶感。如果哼哼先生被绑架了，我会是怎样的感受？

"好吧，"雷吉舅舅说，面条从他身边冲过去，"除了倒退行走，我们再把其他动作复习一遍。艾玛琳，如果你有什么想法，请你告诉我们。"

艾玛琳朝我们竖起大拇指。

我集中精神，按照提示行动，在空中举起爪子，尽我所能地跳跃着。麦克斯开始给我下指令——转身、向左、向右、鞠躬。我拖着脚走到一边，前腿交叉，麦克斯在我身边迈了一个藤步。我原地踏步时，精准地握起每个爪子，然后马上开始翻滚。我的背上，有那么一瞬间，一阵疼痛爬上脊柱。我感觉到自己老了，感觉到每一年光阴在我身上留下的印记。随后我恢复过来，挣扎着回到舞台上。我不确定我怎么了，但开始即兴发挥，大胆加上自己的动作。我模仿着《油脂》中丹尼的自信和桑迪的热情。突然间，我的腿有了自己的思想，我在跳跃，爪子下的大地不断后退。

"哈,"雷吉舅舅说,"它离地只有一英寸。这……好吧,它很有志气,这点我赞同。"

"一英寸。"麦克斯说,"离地一英寸。"

不知道什么原因,我的家人开始哈哈大笑。有谁讲笑话了吗?通常,我听不懂人类的笑话,除非涉及鸡的不幸。但麦克斯非常、非常幽默。为什么纸牌像衣服?有一次他问我。因为它们都需要洗!我努力理解着这个笑话,甚至都开始打喷嚏了——然后我恍然大悟。洗!太天才了!我笑了整整一晚上。那周剩下的时间里,我一想起这个笑点,就会乐个不停。

"我们会的差不多就是这些了。"最终,麦克斯说,他挠了挠头,"至少,都是最基本的动作。你觉得怎么样,艾米?"

艾玛琳歪着头(这是一个我至今不太理解的动作),说:"我……我挺喜欢的。"

"但是?"麦克斯说。

"只是……还缺了点什么。就是从前,你和爸爸妈妈还有我一起跳舞的感觉。"她开始羞答答地转圈跳,小心地舞动着胳臂。"你懂吗?"

麦克斯长长地叹了一口气:"没错。她说得没错,雷吉舅舅。我们需要一些幅度更大的动作。或许,只要一个幅度真的特别大的动作。"

艾玛琳用脚尖在草地上画了一个圈:"麦克斯?我觉得你也需要多参与一下。"

一时间,无人说话。我们全都知道她的意思,哪怕麦克斯不愿承认。没错,他的确在给我做手势,喂小吃,但他的舞跳得毫不走心。是我在带动我们俩。

雷吉舅舅说:"我不想这么说,但是,伙计,她讲得有道理。在比赛中,你也会是一个焦点,受关注的程度不亚于科斯莫。评委会给你们两个打分。大幅度的动作是个优势:也许,加一个真正的跳跃,如果它能做到的话?但你也需要投入感情,让舞蹈真正打动我们。"雷吉舅舅弯下膝盖,与我齐平,双手罩住我的嘴。"记住,你和科斯莫是相互支持的。如果你觉得紧张,有必要的话,你可以依靠它。"

我们去雷吉舅舅的家里吃点心。在去他家的路上,我不断重复着,告诉麦克斯,依靠我吧,因为我们需要这个电影角色。我们不能分开——所以,为了我们两个，我要强壮起来。

我不知道在我的想象中，雷吉舅舅家里会是什么模样，又或许，我压根儿就没想象过。但是，当我们停好车，走进房子里时，我看见了一张跟我们家很像的沙发，还有一条舒适的小毛毯，下面有软垫子。和麦克斯的房间一样，墙壁上挂着海报。但不是宇航员的照片，是爵士音乐家。

"迈尔斯·戴维斯和查理·帕克。"雷吉舅舅说，他指着海报，仿佛在对我们介绍他的老朋友们。然后，他走进了厨房，问："要喝水吗？还是果汁？巧克力牛奶？"

艾玛琳和麦克斯异口同声地说：巧克力牛奶。他们把饮料混合在一起，在黑色的糖浆中旋转。我盯着它看，虽然知道自己不应该喝牛奶，但我就是想喝。在车库里，他们把玻璃杯放在一个迷你冰箱上，雷吉舅舅打开头顶的灯，灯一闪一闪的。

"我知道这不算真正的舞蹈室。"他环顾四周说，"但我想，在不去俱乐部，屋外又太冷的时候，我们可以在这里练习。"

这里很美，我说。我很有发言权，因为我见过许多车库内部的样子（你会惊讶地发现，居然有那么多人相信，车库是狗唯一该待的地方）。所以，我可以告诉你，这里有多空旷：没有网球拍、没有健身器材、没有堆满墙的旧玩具。人类拥有太多的东西，越堆越高、越堆越高。开阔的空间有种魔力，在这里，一切皆有可能。

艾玛琳挥着胳臂，转了一圈。

"哦天哪，"麦克斯说，"这里完美极了。"

"很高兴你这么想。"雷吉舅舅微笑着，低头看我。"你觉得呢，小花生？还有力气跳几个大动作吗？"

真相是，没有。今天早上的舞蹈俱乐部里，我比平时更加累。我很想躺平不动，希望有一只手替我按摩颈背。家里的沙发在召唤我：我爱那柔软的皮革，以及靠垫间深深的夹缝。但我不想让他们失望。他们是对的。因为大奖是一个电影角色，所以评委肯定期待一个一鸣惊人的表现、一场精彩无比的表演——一个能让他们赞叹不已的动作。麦克斯在依靠我。所以，我嘎吱嘎吱地站起来，尽可能快地摇着尾巴。

在艾玛琳的帮助下，我们想了几个大幅度的动作。"要是，"她说着蹲下身，双手和膝盖撑着地面，"科斯莫鞠个躬，像这样伸着前腿，并用后腿一圈一圈地走呢？"她演示起来，在地板上绕着圈。

"唔，"麦克斯说，"那个动作够大吗？"

"我有个主意。"雷吉舅舅说，"我们可以把这个动作加进去，呃，但也许，我们应该试试看那个跳跃。凭它的年纪，肯定跳不了太高，但是麦克斯——如果你跪下来，身体侧弯，伸出胳膊。就是这样，再低一点儿……很好。你觉得，它可以跳过去吗？"

麦克斯估算了一下他的胳臂和地板间的距离："也许吧。"

我们慢慢开始，麦克斯引导我穿过房间里的小障碍物。雷吉舅舅从后院抓了几根残留着树皮的树枝，我集中注意力，跳过它们，尽可能地把腿伸长。有一次在电视上，我看见了跑道上的灵缇犬。它们的身体从头到尾都紧绷着，我也想变得那么修长、敏捷、强大。麦克斯也在努力。他轻轻挥舞手腕，活力十足地蹲下身，用心引导着我。我每跨越一根树枝，艾玛琳就会伸手摊开掌心，给我喂鸡肉小吃。"呀，"即便我几乎没有跳起来，她依然不断告诉我，"你太棒了，科斯莫。"

"最后一次？"在我们去厨房之前，他问我。

最后一次。

我又跳了起来，全身心地投入这个动作中。但是我绊倒了，跳得太猛，左爪在冷冰冰的水泥地上扭了一下。一阵剧痛立刻顺着我的腿往上蔓延。我的外表看起来恢复得不错——因为我忍住了差点儿脱口而出的呜咽，也忍住了想平复自我的喘息。我们已经有了那么多进展，不能就这么结束练习。

麦克斯皱起眉头："你还好吗，科斯莫？"

我很好，我告诉他，掩饰着自己的一瘸一拐，还挺好的。

在冰箱边上，我舔着水，仿佛从来没喝过水，也仿佛这是我喝的最后一杯水。水滴四溅，从我的嘴巴往下滴，弄湿了我的胡须。我不想让任何人看到我这样崩溃，我大口喘气，试图忽略爪子的疼痛，但我勉强刚走到门厅，就摔倒了。我的爪子从身下滑到外面。为了保全面子，我伸出舌头微笑起来。

我对着房间说，我是故意的，一切都很好。

雷吉舅舅相信了我的表演。"现在我们需要的，"他说，"是一首歌。"

在他沙发前的地毯上，我们重新观看了《油脂》。艾玛琳趴在地上，双手托着下巴，抬起棕色的眼睛盯着电视，眨巴眨巴的。当丹尼和桑迪出现在屏幕上时，我想象着自己和麦克斯，也像他们一样翩翩起舞。跳舞比生命更重要，在电影拍摄现场：我们，形影不离地，在一起。

雷吉舅舅指着桑迪——现在我意识到——她无疑有一部分金毛猎犬的血统。想想看她的毛发（浅黄色，就像我一样），她温厚的性情，还有她迅速转动的方式。

"《夏夜》怎么样？"雷吉舅舅问。

麦克斯皱起眉头："太……浪漫了。"

"也太尴尬？"

"非常尴尬。同样尴尬的还有《无可救药爱上你》和《你是我想要的那个人》。那首歌应该是……我不知道。等我听到对的歌时，我会知道的。"

最后一幕发生在学校的狂欢节上。丹尼和桑迪像狗一样，绕着彼此转完圈，做出爱的告白。桑迪已经说出了电影中最有名的台词："我早就知道了，帅哥。"这句话向来对我意义重大。我从那个小时候给我换纸箱的男人那儿得知，"舒艾格"是我父亲的名字。

我聆听着最后一首歌《我们一起走》，觉得自己好像第一次真正听懂它。桑迪、丹尼和团队里的其他成员——他们是属于彼此的，无论时间和空间如何威胁要分开他们。朋友与朋友同行，家人与家人同行。欢快又幸福的音乐包围了我们。

"你知道吗？"麦克斯说，"我觉得这会是首好歌。"

之后，舞蹈中的其他动作也落实了。两天后，我们又补充了几个点头的动作：麦克斯打了个响指，我抬头看向天空，我们两个欢蹦乱跳，仿佛置身游乐场中。我提醒自己，我拥有一个舞者的灵魂。我的腿会服从头脑给出的指令——哪怕我受伤的爪子很疼。它疼得越来越严重了，我开始吞食妈妈早上给我的维他命片，不再把它们塞进冰箱边的缝隙中。

一天晚上，睡觉前，麦克斯问我："科斯莫，你是在跛脚走路吗？"

我露出了马脚，我不会再犯这样的错误。不应该让麦克斯担心，我的伤会影响我们的舞蹈，我们会因此错失电影角色。我顺着小梯子爬上麦克斯的床，靠自己的力量，一声都没吭。

"我只是想让你知道，"麦克斯说着，将笔记本电脑放到一边，"这样跳舞并不科学。我知道我们在争取大奖，我知道有许多事情都在要紧关头……但是，不必非得做到完美的地步，你不必非得做到完美。"

我用好的爪子按着哼哼先生，听它发出吵闹的吱吱声，任由那声音充斥整个房间——因为今天我注意到了一些事情。沙发上有几条新毯子，闻起来是爸爸的味道。枕头上还有他的头发。靠垫的凹陷痕迹也透露出他的体形。此刻的厨房里，他正在跟妈妈吵架。我听到他们的声音越拔越高。厨柜发出"砰"的巨响。

我告诫自己，不能再在房子里追球了，也不能再爬上沙发。不能再对着灌木丛里那些鲁莽的松鼠喊叫。我要把力气省下来跳舞，我只跳舞——因为我记得自己对麦克斯的承诺，要执着地去爱他，要永远留在他身边。我也看到了麦克斯的专注和勇气。当一切都支离破碎时，我们还在坚持。

　　我会变得完美，我用眼神告诉他，为了你，我会的。

十八

一月末,最棒的事情发生了。天空中开始飘落白色的雪绒花。北卡罗来纳州很少下雪。我们的冬天通常天气晴朗,连下雨天都不多。所以下雪通常是大事件。

"你觉得雪会积起来吗?"星期一早上,麦克斯问我。我们俩正靠在舞蹈俱乐部的窗边,看着雪花慢慢飘落到结冰的地面上。他的声音很轻快,带着期盼。作为回应,我在玻璃上喷了一股鼻涕,但除此以外,我没有给出回答。我已经学会:不对自己未曾理解的事物发表意见。

奥利弗突然把头探到我们身边:"拜托,别上学了。"

麦克斯在空中交叉手指，祈祷好运。

"我明天有个小测验，"奥利弗说，"考一本我还没有读的书。可我更喜欢跟埃尔维斯一起挖冰洞。"

"我觉得它不太能帮上忙。"麦克斯说——我很惊讶，他居然能那么快回应，而且话说得如此流利。"挖冰洞……你需要的大约是人手。"

埃尔维斯对雪视而不见。我们应该学习如何在人类双腿中间穿梭，但是它却一门心思地嗅着我受伤的爪子。别管它，我说。它皱起眉头，露出担忧的表情，舔了舔我脚趾间的位置。这令我更担心了——因为如果它都能闻出来、感觉到，那我的伤有多严重？说真的，它有多严重？

总的来说，埃尔维斯和我在一步步地前进，就好像我们正走在同一条道上。奥利弗和麦克斯在比较编舞，轻声谈论比赛的日子——那一天似乎很遥远，不是吗？但如果我们一不留神，就会被它悄悄逼近。面条肯定会被它暗中追上，因为它几乎什么都没学会。

在我们练习和交谈的时候，牧羊犬一直在角落里偷偷跳舞，完美演绎了"倒退行走"。我再一次发誓：我会做得更好，等着瞧吧。

后来，雪花飘落时，我们挤进了汽车里。我真希望自己可以把头伸出窗外，咀嚼飘浮在空中的冰块。那一晚，我没怎么睡着。我小口咬着坏爪子上的一簇簇毛，希望能把疼痛拔出来，希望它不会伤害我们——我和麦克斯、我们俩。在这种情况下，我的身体可以完成那个大动作吗？这对我们参演电影的机会，将有多大影响？

"睡不着吗？"深夜里，麦克斯问。

我不知道他是不是也始终醒着，并跟我思考着同样的问题。

第二天早上，学校停课了。停课了！我把重心放到爪子没受伤的一边，跟在绕着厨房蹦跳的麦克斯身后。他挥着双臂，大喊大叫。"好呀，好呀，好呀！"艾玛琳也很兴奋。她和麦克斯握紧双手，原地转圈。我试图加入他们，但第一圈转到一半，我就痛得龇牙咧嘴，身体猛然摇晃——差点儿把艾玛琳撞倒在地上。她冲我咯咯笑着，说："科斯莫，下雪了！"这话听起来就像"科斯莫，吃饼干！"一样好。

我们三个被欢乐淹没，开心得喘不过气来。

爸爸妈妈悄悄走进厨房，爸爸说："看来你们很走运。"妈妈打开咖啡壶，只是简单地说了一句："早上好。"我注意到了他们之间的冷漠——爸爸昨晚又睡在沙发上了——但我没有被他们分心。下雪了！不上学！我能一整天和麦克斯在一起！

"我有个想法。"爸爸说，"我会铲除人行道上的雪，好让科斯莫能出门，但之后……我们滑雪橇吧？"

"滑雪橇！"艾玛琳重复道。

"我同意。"麦克斯说。

老实说，我不太确定自己今年要怎么在雪中行走。通常，寒冷会冻僵我的关节，我对冰雪很警惕。

几年前的冬天，我在一块薄冰上滑倒。那种冰十分隐蔽，等你看清的时候已经摔倒了。我记得我摔在地上，先是呻吟，然后嚎叫。我的腿——那是一种独一无二的痛苦，尖锐又吞噬一切的痛苦。

麦克斯当时就走在我身边，他蹲下身大喊："爸爸！"我告诉麦克斯，我很高兴摔倒的是我，我很高兴那不是你，你比我更需要健康的四肢。爸爸从车库里冲出来。几秒钟内,他评估了一下状况,轻轻用手指握住我的前腿。"我想它可能是断了。嘘,嘘,科斯莫。没事的,伙计。尽量别动。麦克斯,去找你妈妈,让她开车。再拿几条毯子来。"

他轻轻抱起我,仿佛我是个毛绒玩具:几乎没有重量。我绑了一个月的石膏,躺在沙发上,看糟糕的日间电视节目。当时,我可以享受得起那种奢侈。

但现在不行。我们离争取电影角色的机会只剩下几个月,我们要证明我和麦克斯离不开彼此。

麦克斯给自己裹了三层衣物(毛衣、围巾、外套),看他穿成这样,我的担忧散了一半。我们冲到屋外,跑进白色的雪地,任雪花落在睫毛上。我感觉棒极了。上辈子,我也许是条哈士奇。凉爽的空气也赞同我的想法。我无视自己的伤情,疯狂地四处乱窜,用尽我最快的速度,越跑越快、越跑越快。在那宝贵的几秒钟里,我觉得自己又变成了一条小狗。然后我的臀部开始隐隐作痛,爪子则痛得更加厉害,但这是值得的——能跟艾玛琳和麦克斯一起,拥有这种纯粹的、难以言说的幸福。

我嚼着一团雪。地上有几处迷人的地方,我得阻止自己在上面打滚。我会被许多气味吸引。从前,一有机会,我就会快乐地在里面滚来滚去。但随着时间的推移,我发现,大部分气味都会令人类皱眉头。曾经有十几次,我滚完后,立马被抓去洗澡了。洗澡就像是一种惩罚——水滴顺着尾巴滑落,泡沫在爪子间涌动。当你身上散发出椰子洗发水的香味,你永远不会觉得自己是条真正的狗。

光线越来越亮。我和麦克斯在死巷里玩儿雪天使的游戏,身体陷在软乎乎的雪里。他印出的雪天使形状干净又整洁,而我的,用爸爸的话说,"又乱又难捉摸"。在我们边上,艾玛琳用树枝和胡萝卜棒堆了一个雪人。无论是树枝还是胡萝卜棒,我都想咬上一口。

"想要吗?"艾玛琳问,她把最长的树枝递给我,"我分你。"

我的确想要,非常想。最后,我和麦克斯玩儿起了拽树枝的游戏,直到把它弄断。

爸爸在车库里摸索了一阵子,我们听到各种噪声传来。然后他走了出来,身后拖着一艘古怪的窄船。"我觉得这个小划艇也许能管用。"他大声宣布。

我们家边上的小山坡已经挤满了孩子,坐在纸板箱和回收箱里滑雪。对比之下,我们的小船简直是个明星。麦克斯似乎非常骄傲。他跑上山坡又滑下去——上上下下、上上下下,反反复复。

我知道,在我小时候,肯定会追在他身后跑。我会用爪子踢雪,会把舌头垂在嘴边。我会像雪橇犬那样去拉小船。现在,我只能看着麦克斯,在一边等待他。每一次他滑到山坡脚下,都会揉揉我的脑袋,问:"你好吗,科斯莫,嗯?"

几小时后,麦克斯爬坡的速度明显变慢了。"再玩儿一次吧。"他试图说服爸爸。

"快点儿,"爸爸说,"到饭点了,而且你的脚趾肯定冻僵了。"

艾玛琳补充道:"爸爸,我的手套丢了。"

麦克斯用夹克衫的袖子擦了擦鼻子:"就再等一分钟?"

"孩子,"爸爸说,"很抱歉,如果你真的想玩儿,我们可以吃完午饭再来。"

麦克斯低头看着我,仿佛他知道我会理解他。

那一刻，我能懂他。真的能懂。麦克斯不想回到家里，因为外面的一切都比家里好。这里有雪、有欢笑，没有争吵。如果我是他，如果我可以，我会直接跑回山坡上去。

但我们没有，我们回家了。

回到家里，我期待着妈妈会来迎接我们。麦克斯从前说过，妈妈做的热巧克力棒极了。在最冷的日子里，她会用牛奶替代水，搅拌着，直到打出泡沫来。我不能喝巧克力，但是我想起了那些精心为我准备的食物——生日饼干、开车旅行时吃的牛肉干。细节很重要。

这一次，妈妈没有离开她的房间。所以，麦克斯踮起脚尖去搅拌牛奶。他把热巧克力递给艾玛琳，说"我爱你"。我们曾经是个经常说"我爱你"的家庭。我们对彼此说这句话，就像随手递饼干那样寻常。但我意识到，爸爸妈妈已经很久、很久没有和对方说过它了。

"有时候，我觉得你和我应该一起逃跑。"那天晚上，只剩下我们俩时，麦克斯告诉我。"我……我不是说真的要跑。但我们就……我们可以就想象一会儿吗？比方说，我们可以住在树屋里。或者山洞！或者，海滩怎么样？你喜欢海滩。"他迅速下了床，和我一起躺在地板上。"我可以带上我攒的火箭模型，我们可以搭一整天。然后晚上，我们就随便逛逛，看看星星之类的。"

这个主意的确很有吸引力。

但我还是呜呜叫了起来，一半是因为爪子疼，一半是想表示反对。我喜欢这里。

"我知道。"他说，"我知道。我只是希望……我只是希望我可以……"他的声音越来越轻，眼睛盯着天花板。我想告诉他，无论他有什么愿望，他都能够实现。我想告诉他，他是我平凡生活中的灿烂火花——他比他自以为的强大。

于是，我把鼻子贴到了他肚子上。

他坐起身，说我是条好狗，很好很好的狗。

我们裹着毯子，一起凝视越发深沉的夜色。

十九

冬天并没有持续太久,仿佛一眨眼就过去了。然后春天悄然而至。名字很奇妙的狗木树开花了。我甚至一出门就打喷嚏,花粉不断往我鼻子里涌。

从头到尾,我们都在跳舞。我们在晚饭前跳舞,利用妈妈在厨房里煮意大利面的间隙。我们在雷吉舅舅的车库里跳舞,假装我们在电影拍摄现场。几乎所有的编舞动作我们都已经完美掌握:下腰和鞠躬、踏步和跳跃。我甚至学会了倒退行走。不过,我还是觉得,我们的舞蹈缺少活力。

电影人需要的那种活力。

"总感觉还缺点什么。"麦克斯一直在说,"你知道吗?"

雷吉舅舅让我们别担心，俱乐部会继续给我们"指示"的。我觉得很困惑，这里没有任何德国短毛指示犬。

一个星期六早上，面条逃出了房间。它的主人手忙脚乱地追在身后，留下一片寂静。我们都沉浸在自己的舞蹈中。埃尔维斯和奥利弗在练习他们的大动作（奥利弗双手双膝跪地，埃尔维斯爬上他的背），而牧羊犬——

牧羊犬在用后腿站立！

我眨眨眼睛，怀疑自己看错了。但是并没有。它高高站立，挺着肚子，嘴里叼着鳄鱼玩具晃啊晃，嘲弄着我。除了面条以外，只有我们这组的大动作，连一半进展都没有。当麦克斯放低手臂，我的后腿总是会被绊住。

麦克斯咕哝道："是我不好。我们应该选别的动作，选更简单点儿的。"

"嘿，"雷吉舅舅说，"它会学会的。只要给它点儿时间。"

我试图去听他的话，想象着我们在参加舞蹈大赛——然后赢得大奖，大摇大摆走进片场，喜气洋洋,形影不离。

三月的某个时候,社区里的所有狗都开始掉毛了。人类很少注意这种事,但街道上,金毛和白毛铺成了小路,随风飘扬。大多数情况下,时间一周周地过去。

直到暴风骤雨再度降临。爸爸仍然睡在沙发上,客厅开始变得像他的房间。茶几下有他的鞋,台灯旁是他的书。夜里,我在后门呜呜叫唤,哪怕我并不是真的需要出去。我只是想做点什么——四处嗅嗅,或者用泥土擦脸,做任何能让我集中思想的事情。

一天夜里,爸爸打开玻璃移门说:"乖乖的,科斯莫。我要看比赛,所以你自己去拉屎然后回来,好吗?"然后,我独自进了后院。空气里有股垃圾的味道。垃圾日,我想——吃剩的比萨盒、香蕉皮、鸡肉配菜被扔进一个垃圾桶里,推到车道边缘。人类喜欢垃圾日。邻居们从家里蜂拥而出,礼貌地互相招呼,挥着手,开玩笑说垃圾桶有多么沉。那里面是各种美妙的东西。

灌木丛闻起来也是垃圾的味道。

我听见灌木丛里窸窸窣窣的。我的耳朵向后转去。这是什么声音？

紧接着，树枝间跳出一只猫。它的脸比我认识的所有猫都要窄，跳起来时，尖尖的胡子扫过了我的鼻子。它浑身散发出浓浓的泥土味，跟垃圾没什么两样。它开始蹭我，用鼻子嗅我的腿。哎呀，我告诉它，你可真友好！我已经很久没遇到过如此渴求拥抱的猫咪了。

有个念头一闪而过。这只猫似乎不太对劲。但我没有多想，专心地嗅着它的屁股，试图明确它的气息。这时候，没有任何事情能阻止我。

我尽力回忆着如何跟猫交流（我应该鞠躬吗？还是尖叫），引着它走进敞开的门。我以为，我们可以在客厅里开心地玩耍，就像我和波尔那样。也许能轻手轻脚地玩儿一玩儿拔河游戏？艾玛琳已经睡着了，麦克斯在床上读着有关宇航员的书。所以不管我们要做什么，都必须静悄悄的。

那只猫嗅了嗅橱柜。它翻了个身，在空中摆动小腿。突然间，妈妈出现在厨房的拐角。"科斯莫，你——"她的话没说完，化作一声尖叫。

我立刻意识到，我上当了。

回想起来，我其实发现过线索的，只是没能把它们联系起来，没能理解它的含义。我之前在自然环境中见过浣熊。一次，在野营时，两只浣熊冲上我们的野餐桌，偷走了麦克斯那一半涂了花生酱和果酱的三明治，高高兴兴地跑回了树林。

那只猫不是猫！

我吓了一跳，我真是大错特错。

"哦，我的天哪！"妈妈大喊，浣熊冲进她脚踝中间，她跳上厨房台面，双腿在空中晃动。"噢噢噢噢，我的天哪，不不不不！大卫，快进来！"

"怎么了？"爸爸说着，迅速跑进厨房。他闻起来刚刚洗完澡。和妈妈一样，他也没有把话说完，顿了顿，再度开口："天哪！"

"别光站在那儿！"妈妈叫道，"拿扫帚来！帮我把它赶出去！"

"妈呀，但愿它没有狂犬病。"

"大卫！"

"知道了，扫帚，扫帚。"

我能感觉出他们声音中的紧张，尽管我无论如何都想不明白，他们在恐慌什么。这里没有三明治给浣熊抢——甚至连一条奶酪棒都没有。我们很安全。

我走近那个小动物。有时候，当我遇到某种无比迷人的气味，会想要沉浸其中。有时候，我嗅啊嗅啊，但是怎么都嗅不够，于是我只好俯冲过去，全身沐浴在那种气息里，让美妙的香气包围自己。对于浣熊那串在厨房里延伸了一半的泥脚印，我就是这么做的。

"科斯莫！"妈妈对我说，双手在空中挥动着，"离它远点儿！去麦克斯的房间！去麦克斯的房间！"

你是对的，我想。得让麦克斯来看看。幸运的是，麦克斯来到厨房门口时，正赶上爸爸带着扫帚凯旋。"哇哦。"麦克斯说。他身边是艾玛琳，她听见动静醒了过来！太走运了！

爸爸迅速跳到他们跟前："麦克斯，带你的小妹妹回床上去，马上去。"

"爹地，"艾玛琳说，"我们能养它吗？拜托，拜——托？"

"够了！"妈妈喊道。她从爸爸手里夺过扫帚，轻轻把浣熊推出门外。它窜进了夜色里。"麦克斯、艾玛琳、科斯莫，回去睡觉。"

在之后的几个小时，爸爸妈妈擦洗地板，用拖把拍击瓷砖，彼此没好气地顶着嘴。

"别挡道。"

"你为什么那么做？"

"不，毛巾在那儿。"

"在哪里？"

"在那里！"

情况太糟糕，麦克斯不得不捂住耳朵。我不知道这是不是牧羊犬背地里策划的，是不是它派了浣熊来欺骗我，并确定我们的弱点。我在舒适的床上翻了个身，把哼哼先生压在身下。我是失去感觉了吗？恐吓户外动物是我职责的一部分。如果我不能保护这幢房子，又能做什么呢？

有人在轻声敲着房门。是艾玛琳。她不想一个人睡觉——现在不想，因为周围是愤怒的争吵。他们俩把我抱上麦克斯的床，我们窝在温暖的靠垫里，假装听不见他们，假装听不见。

我觉得很愧疚。因为这难道不是我的错吗？难道不是我请浣熊进屋的吗？

"嗨，科斯莫，"麦克斯说，他昏昏欲睡，伸手拍拍我的脑袋，嘴角微微上扬，"你在想那只浣熊？我知道你只是想交个朋友。"

我闭上眼睛，告诉自己，舞蹈还是可以让我们互不分离的。

二十

起初,只要我缓缓眨眼,眼前的雾气就会散去。但很快,我开始目光呆滞,仿佛在透过水盆看世界。

"他漏了几个手势。"雷吉舅舅说着,挠了挠脖子后面。一个下着毛毛细雨的下午,我们在舞蹈俱乐部里。同样的感觉折磨了我一整天:那条牧羊犬在跟踪我,就在我身后,就在我看不见的地方。还有麦克斯的手!那双手移动得太快了,挥舞着,几乎都模糊了——他是在让我举右爪还是左爪?

"我不明白。"麦克斯说,"它知道这些动作的。"

奥利弗嚼着东西:"呃……我也不知道,伙计。有时候,埃尔维斯也会忘记事情。"

但现在,埃尔维斯光芒四射。它鞠躬的动作准确极了，十分流畅。今天，甚至连面条都超过了我。面条！它成功地根据节拍举起了前爪——这是我看见它掌握的第一个把戏。

几天后，开始有黑点停留在我的视野中。妈妈带我去看了兽医，兽医称，我还能看见东西是个奇迹。"这条狗年纪很大了，老眼昏花的，"兽医说，"但是它很快乐。你可以感觉到它很快乐。"

坐车回家的路上，我突然意识到：这就是我把浣熊当成猫的原因！我的视力——它在衰退。

而我也日渐衰老。

从那以后，我就采取额外的措施，确保自己不出错。我再三用自己的鼻子、爪子和耳朵检查。这真的是哼哼先生吗，还是别人的猪？这里是我上周尿过的地方吗？在舞蹈俱乐部，我格外认真地服从麦克斯的手势指令，越来越依靠记忆做动作。

我开始质疑，我退化的是否只有视力？我知道——还有我的关节炎和疼痛的爪子。但更糟糕的是我的耳朵。它们从前格外灵敏——我可以隔着两幢房子听见煎锅里煎鸡肉的滋滋声，我可以听见邻居开水龙头洗澡。过去我可以完全把腿抬起来撒尿，用储存了一整天的尿液去给灯柱、灌木丛和树木做标记。可现在，我只能歪着脑袋用力去听，腿也几乎不曾离开地面。

太尴尬了。

不只如此，牧羊犬没有经历过任何痛苦。它很年轻，能看清人们的手势信号。埃尔维斯和面条在尽力帮忙，每当我成功做出一个动作，都会给出鼓励。但我不知道，它们是否也能意识到这一点：牧羊犬要赢了。它距离成功越来越近，快要完成它许多年前在公园干过的事了——把我和麦克斯分开。

"你还好吗，老兄？"艾玛琳生日那天早上，雷吉舅舅问我。那是一个热得反常的天气，天空一片蔚蓝，万里无云。我一动不动地躺在车道上。

雷吉舅舅帮助我站起来——今天，我爪子痛得站不起来——屋里，妈妈在准备早餐吃的草莓煎饼。即便今天并不是我的生日，我还是大口吃了好几块。然后，我和艾玛琳、麦克斯一起看卡通片，直到我们出发去索亚公园。

"你记得带气球的，对吧？"去那里的路上，妈妈问爸爸。

"我以为你拿了气球。"他说。

"好啦好啦,"麦克斯叹息道,"我拿着呢,瞧!"他从背包里举起一个袋子,里面全是五颜六色的东西。

"那塑料叉子呢?"妈妈问。

"带上啦。"雷吉舅舅说。

爸爸敲了敲方向盘:"一切都没问题。只是个生日派对而已。"

"喂,那可是你女儿的生日派对。"妈妈回嘴,"所以它的重要性……"

雷吉舅舅拍拍妈妈的肩膀:"我们就好好享受这一天吧。"

大家都叹了口气,除了艾玛琳。她正开心地提醒我们,她六岁了。六岁!时间怎么那么快?我记得几年前,她还很小,我会拉着载她的小车,仿佛自己是匹马。厨房墙上有铅笔画的标记,记录着我们的身高。最低的那条线是我的:科斯莫,十三岁。现在,甚至连艾玛琳都比我高了。

我的家人们下了车,开始在凉亭里吹气球。我巡视着周边。没有发现牧羊犬。如果它在这里,我能闻到恶魔的气息。但这里的草很高——草地里有丢失的飞盘和舔得干干净净的冰棍棒。经过烧烤点的时候,我发现池塘里有许多鹅在游泳。岸边传来一阵气味,是鹅的粪便!有很多!我嗅着鼻子,深吸着气,疯狂地喷着鼻息,用爪子试探性地踩了踩地面:很软、味道浓郁——是最好的那种泥土。

我全身的毛都竖了起来。

突然间,我本能地开始挖地,真的在挖地。我的四周阴云密布——空气中充满了鸟类的味道。

几只鹅朝我蜂拥而来,试图阻止我。它们鸣叫着,扇打着可怕的翅膀。我无视它们,无视我脸上、胡须上、睫毛上的泥土。泥土还弄脏了我的毛发,令我的舌头变得黑漆漆的。最终,我停了下来,盯着挖出的洞,还有我爪子边的一堆堆泥土。我做了什么?一切发生得太快了。

我朝身后看去。

我的家人都没有注意到这堆土和我搞出的破坏,但他们总会发现的。他们不允许我挖大洞。于是我迅速做了决定,打算吃掉证据,哪怕好几个月前,我就发誓要戒土了。我觉得口渴极了,舔了舔池塘的水，又继续吃。然后，我后退一步，虽然很紧张，但对自己的作品很满意。

回到凉亭，派对正按计划进行着。有人扔下一个香草大蛋糕，还有圆锥形的生日帽。宾客纷纷到来，似乎没有人喜欢那些帽子，但我们还是戴上了它们，被塑料绳紧紧勒着下巴——人们拍着手。艾玛琳周围是一圈气球，她站在野餐桌边的板凳上，穿着夏天的裙子左摇右摆。麦克斯在她下方，点亮了蛋糕上的六根蜡烛。爸爸妈妈微笑起来，但只是咧了咧嘴。

所有人都唱起歌。

"你得许个愿。"雷吉舅舅说。

于是艾玛琳许下一个愿望。她紧紧闭上眼睛，吹灭蜡烛。她拔出蜡烛后，我舔了舔带糖霜的那一头：香草是我最爱的味道，也是她最爱的。切过蛋糕，她和朋友们蹦蹦跳跳地跑去池塘边，朝鹅群扔薯条。接下来，他们一遍遍地玩儿着滑梯，挥舞双手，嗖嗖地滑下去。差不多就在这时——天空变为更深的蓝色——我感觉到自己肚子里一阵翻腾。

所有的泥，都在翻腾。

我们拆了礼物，我们玩儿了给驴子钉尾巴的游戏。麦克斯喂了我一小块蛋糕，我只吃了一半。"怎么了？"他问，"你从来不拒绝蛋糕。"他的眉头拧在一起，非常担心。但是我很好，我告诉他，我很好——为了证明这点，我抓过包装纸，翻来覆去地玩儿着。

回到小货车里，雷吉舅舅问艾玛琳："你许了什么愿望？"

她张开双臂说："愿望要保密的！"

"啊，"他说着咯咯笑道，"我忘了。"

"但我本来可以许愿要匹小马。"

我的胃里翻江倒海。

麦克斯问："那你许了吗？"

艾玛琳说："没有！"

爸爸在前座说："哦，我想，科斯莫会愿意变得像马一样大的。如果它想吃多少我们就喂它多少，那么……"

我再也忍不住，吐了起来。货车差点儿偏离道路。

"怎么了？"爸爸说。

"哦，我的天哪。"妈妈说。

艾玛琳开始尖叫，因为我造成的破坏有点儿大。我不该吃泥土，不该喝池塘水，尤其不该吃那么多。我胃里的东西黏在座椅上、地板上。所有人都摇下车窗。我们在第一个加油站停下车——妈妈冲进去取纸巾和她能找到的清洁用品。我生着闷气，尾巴紧紧夹在两腿中间。

"你还好吗，科斯莫？"麦克斯不断问我，"你吃了什么？"

车外，爸爸朝妈妈大吼："看，它显然惹麻烦了！"

妈妈也大吼："你应该看着它的！难道所有事情都必须我来做吗？"

雷吉舅舅带我下了车，用瓶装水和几张纸巾清洗我脖子前部。"你会没事的。"他说，"我要告诉你一件事：你肯定是个好演员。"虽然他努力表现得友善，但我仍然夹着尾巴，因为这一次——这一次——也是我的错。

那天晚上，车被清洗干净，我也被带去用迷迭香肥皂洗了澡。之后，艾玛琳一屁股坐下，紧挨着我坐在门廊上。麦克斯去屋里拿了些奶酪饼干，我耐心等待着。她抬起我的一只耳朵，这样她就能看到里面的样子。"我要告诉你我的愿望。"她说。远处是愤怒的争吵声。

但我想，我已经知道她的愿望是什么了。

第三章

家庭旅行

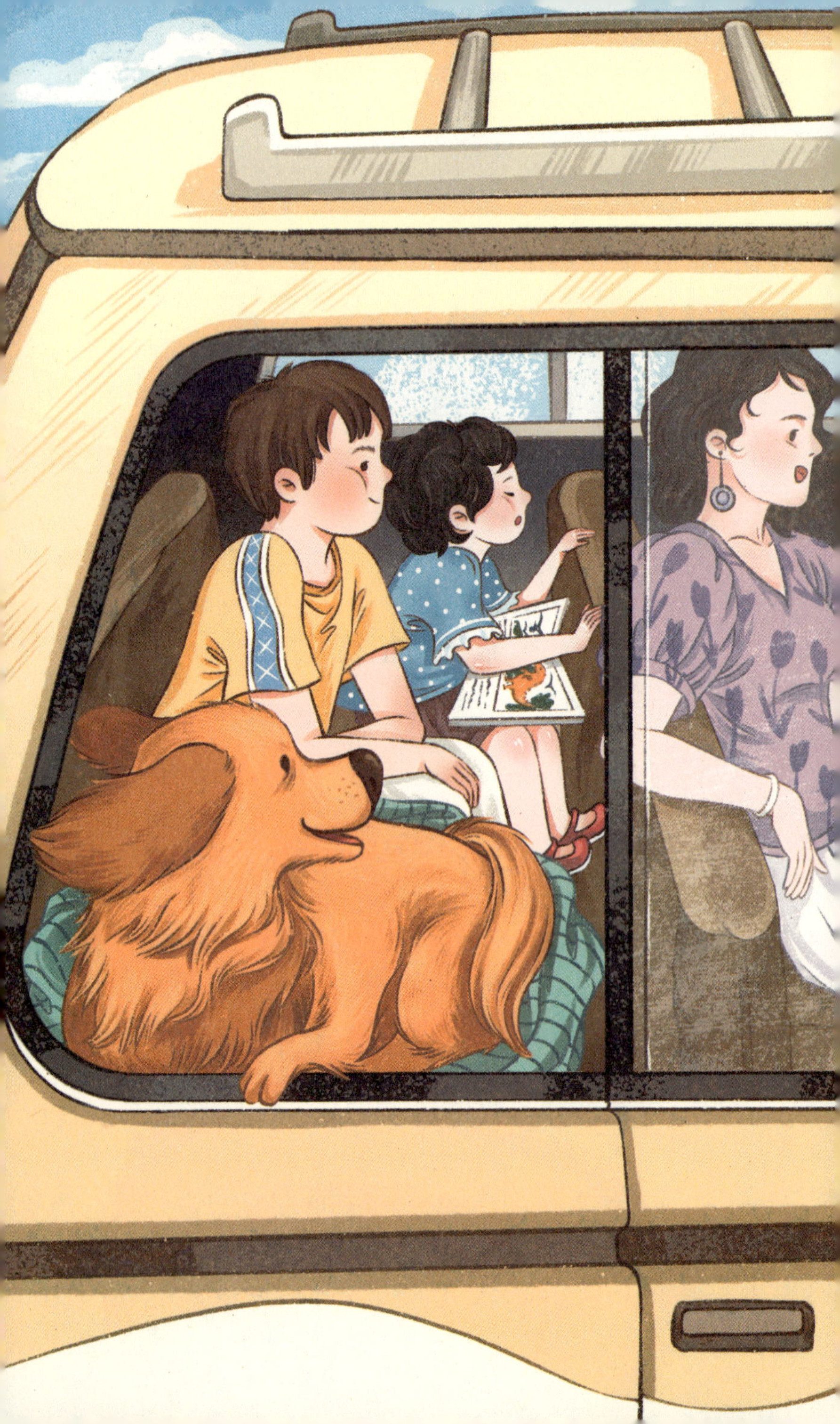

二十一

很快,渐渐开始有了夏天的感觉。电视机播放人类正在玩儿硬式棒球。天气变得又潮又热。我不由自主地被麦克斯卧室里的空调吸引。舞蹈练习过后,我们想象着电影片场的样子——有餐车、折叠椅,到处都是明星——我们躺在冷风下,面颊随着气流颤动。夜晚更加难熬,一会儿太热,一会儿太冷。我尽量把喘息声压到最低,不吵醒麦克斯。

"科斯莫,"他咕哝道,"你发出的声音像是火车发出的。"

有几个晚上,我爬上床睡在他身边,他的手臂搂着我。那是一种很安全的感觉——我舒服得一动不动,哪怕我越来越热,几乎难以忍受。我猜,我是想要安全感。因为事实上，随着季节的变迁，我们生活上的变化也越来越大。

"我们有机会吗？"一天早晨，在俱乐部，麦克斯突然问。

"你是指赢得比赛？"雷吉舅舅说。

"是的。"

雷吉舅舅停顿了一下，前后晃了晃脑袋："呃，科斯莫已经掌握了所有舞步，除了点睛的大动作还有所欠缺。而且它很有个性。所以……我们肯定有机会给评委留下深刻印象。这可不是小事。"

但随着爸爸妈妈的不断争吵，那似乎变得微不足道。一个印象——只是一个印象——不足以令我们得到电影的龙套角色。它无法阻止我们被分开。

周末，我们不练舞的时候，麦克斯开始给邻居的草坪割草。

妈妈说："他年纪太小了，怎么能操作那么重的机器。"

爸爸反驳："哦，这对他有好处，可以磨炼个性。"

我暗地里怀疑，麦克斯割草坪，不仅仅是为了攒钱买他想要的火箭模型。我觉得，他是在想尽一切办法逃离屋子。他越来越自闭，在舞蹈俱乐部时，甚至跟奥利弗都很少说话。

七月四日举办了一场大型烧烤会。头顶是烟花绽放时的轰鸣，有几个人朝我扔了热狗。我没有去接。在眼嘴协调方面，我从来就没有天赋——而且以我现在的视力，也绝对接不住。当我玩儿抛接游戏时，我会先确定球或木棍已经彻底掉到地上，然后再去捡。否则，我就极有可能出大丑：张大嘴去咬、握紧了爪子，却只抓到了空气。

我和麦克斯在邻居们面前练习了几个动作——在舞蹈过程中，我反反复复鞠着躬，摇着尾巴。现在距离大赛还有一个半月，虽然我们的编舞越来越完善，但我的信心并不大。我希望我们的舞蹈可以比这更流畅，比这更复杂。

还有牧羊犬！牧羊犬也在进步。俱乐部里，它在角落跳着完美的舞步，耳朵一扇一扇，毛皮也一抖一抖，样子十分醒目。埃尔维斯也一样，光滑的黑色毛皮和优雅的深鞠躬很是迷人。甚至连面条也扬起了头。而我，恰恰相反，似乎没法儿掌握我们的大动作——无论我们多么努力地练习，无论我怎样隐瞒爪子的疼痛（我的爪子情况更糟了，那种尖锐的刺痛难以忽略）。但是，我在尽力，我在尽一切努力。

七月中旬，麦克斯开始带着艾玛琳去当地的泳池上游泳课。她大部分时间都戴着充气臂圈。用鼻子去戳这玩意儿很有趣，但是它不会像哼哼先生那样吱吱叫。我希望自己可以跟她一起去上课。事实上，我耐心地等在大门口，表达了要去的意愿。但他们要求我留下，这是史上最糟糕的命令。我只能想象：也许艾玛琳会像我一样狗爬式游泳，水面上只露出她的鼻子、眼睛和耳朵。

晚上，我故意尝试放慢节奏做事。夏天的日子总是飞啊、飞啊、飞啊地就过去了。所以我很珍惜夏夜里的一切。这一点，在《油脂》里，丹尼和桑迪也注意到了。夜晚是可以慢下来的：夜晚可以是我和麦克斯、雷吉舅舅一起坐在门廊上，嘴里满足地嚼着薯片；可以是我们三个一起看雨，听着海岸边传来的暴雨声。一切都在轰鸣，世界又湿又热。

"参加比赛你激动吗？"一天晚上，雷吉舅舅问麦克斯。我们正用小碗吃着通心粉和奶酪。

麦克斯只是耸耸肩:"我不太确定评委和选角导演想要什么。我不知道我们对他们——对电影,是不是足够好。"

"别担心拿奖的事情。"雷吉舅舅挥挥手说,"我是说,得奖很酷,但重要的是享受乐趣,对不对?突破自我?"

麦克斯几乎说不出话:"唔。"

"怎么了?"雷吉舅舅问。

麦克斯说:"没什么,没什么的。"

有时候,他身上的人类属性真是无可救药——他们拒绝说出自己内心的想法。

那天晚上,他早早就睡觉了,一只手垫在脸颊下面。我仍然在站岗,时刻保持警惕。浣熊事件后,移门就不再打开。但我担心牧羊犬能通过别的方法潜入屋子。从纱窗跳进来?按响门铃,直接走进来?我必须考虑各种可能。我竖起耳朵,就在这时,我听见了厨房里的低语声。

我决定去调查一番,找出任何可能被牧羊犬发现的弱点。我溜进门厅时,项圈和狗牌叮当作响。

就算爸爸妈妈注意到我靠近，他们的肢体语言也没有表示出来。他们在昏暗中面面相觑，交换气息。气味在他们之间盘旋。

很少有人知道，我小时候会跳到人类身上去跟他们打招呼。是的，我知道，现在很难想象这画面：我后腿站立，扑向家人和朋友们张开的双臂。但我对他们充满了爱，我很庆幸自己曾经那么做过，因为我现在实在是无能为力。多年以来，我改变了这个习惯，把"用跳的"换成了"用爪子"。爪子还是非常有效的。迅速把爪子按上人的膝盖代表：嗨，我在这里、很高兴见到你、请摸摸我的头。

在厨房边上，我的惯用爪（右爪，不是左爪）已经稍稍离开了地面，但我有种感觉，现在时机不对。

妈妈伸手摸着鬓发："我们不能继续这样。我们不能继续假装一切都好，假装这个家什么事都没有……"

"那我们该怎么办？"爸爸问。他双臂交叉，紧绷着脸。

"别问我那种问题。"

"哪种问题?"

"那种你已经知道答案的问题。"

我仍然在等他们发现我的存在,我的牙齿开始打战。有时候,这是因为凛冽的风吹着我浓密的毛发,冻得我瑟瑟发抖。但极少数时候,我牙齿打战是因为非常担忧。

"哦,科斯莫。"妈妈最终看向我的方向,柔声说,"过来,没事的。"

我踌躇着。在某种程度上,我知道那完全不是"没事"的样子,但我很感激她的关注。我慢慢地低下头,轻手轻脚地朝她走去,把鼻子埋到她干净的裙子布料里。

"我们会想出办法的。"爸爸说。但我不知道他说话的对象是我还是妈妈,我只能猜测。

"孩子们……"

"我知道,"他说,"我知道。"

一时间,仿佛回到了最初的日子,当时只有我们三个:爸爸、妈妈和我。我们是那么亲密。我想让他们脱掉鞋,我想让他们紧握彼此的手,翩翩起舞。你们难道看不出来吗?我用眼神告诉他们。你们难道看不出来,这让我有多伤心吗?

"我觉得我们应该去旅行。"最后,爸爸说。

"大卫……"

"不,听我说完。旅行对我们有好处。一家人一起出游……你兄弟这周不是在海滩嘛,我们可以跟他一起。虽然分开住,但他也在那里,那样很好。"爸爸把手举到嘴边,"你就答应吧,拜托了。"

我竖起耳朵,等着她的回答。在我的牙齿打战声中,我听见她说:"好吧。"

二十二

海滩是全世界我最喜欢的地方。我觉得是因为我出生在一个离海岸不远的房子里，所以我也热爱沙子，虽然它并不像看上去那么耐嚼，但还是为掉在地上的汉堡增添了美妙的口感。麦克斯第一次邀请我去游泳，是在美特尔海滩。我记得自己小心翼翼地踏进海水里，海浪如浴缸水一般温暖。这种新颖脱俗的方式令我觉得自由自在。

"你可以做到的！"麦克斯催促我，"就是这样，科斯莫！游吧！"

我在水里跳舞。没有别的方式可以形容它。我无比自然地划着水，仿佛生来就会。

那之后的每一个夏天，每当社区泳池开放，我就不由自主地被水吸引。我会挣脱狗绳——伴随着妈妈拖长了的尖叫"不,科斯莫,不行!"——精力充沛地跑向水池,跃到半空,腹部入水。往往没过多久,我就会被赶出水池。跳进水池很容易,可要出去就难了:我试着爬上小梯子,但会滑下去。我又试着爬上水泥地,但是摔倒了。大多数时候,爸爸会跋涉到我所在的深水区。"你这条讨厌的狗。"他会这么说,脸上却带着笑意,用强壮的胳臂把我捞出来。

关于大海,我最喜欢的是这点:没有人会说,你不能来这里。大海是自由之地。鱼在海里游泳!还有鲸!任何人都可以去海里游泳。而且,每次我跳进海浪里,麦克斯总是在我身边。他游起来棒极了。不过话说回来,无论他做什么,表现都很棒。我只能干净利落地用爪子划水,狗爬式地往前游。但是他!你真该看看他游泳!他可以仰泳、跳水,用他美丽的平手掌溅起水花。"我希望可以永远这样。"曾经,他这么对我说过。当时我们正在海岸附近游泳,随着海浪起起伏伏。我告诉他,我也是同样的愿望。那天晚上,我梦到了咸咸的海水,还梦到了用嘴去抓鱼。

我希望这次旅行也可以那样——像从前那样。不然我心里接受不了。

在我发现爸爸妈妈窃窃私语后的那天早上,他们在早餐时宣布,我们全家要去度假。他们谁都没有吃自己准备的食物。

"你们俩觉得,这个周末去海滩好不好?"爸爸问。

麦克斯在椅子里坐直身体:"真的吗?"

"真的。"妈妈说。我闻到了她身上的疲惫。

麦克斯说:"可是距离比赛的时间很近了……"

我也有同样的担忧,我怕失去动力,也怕拿我们的奖品冒风险,但我意识到自己需要休息。我的爪子需要休息。度假对我们有好处。

"亲爱的,"妈妈说,"你们已经练得很频繁了。而且你回来之后还有时间。"

艾玛琳嚼着她的煎饼,把它们塞进嘴里:"我一定要戴救生圈吗?"

麦克斯说:"哦,你可以跟我一起下水。"

"不戴救生圈吗?"

"只要我们留在海岸附近。"

爸爸说:"就这么愉快地决定了。"

几天后,麦克斯在小货车后排用旧的沙滩巾给我搭了个窝。"我们喂你吃了多少,科斯莫?"爸爸从后面提了我一把,奋力托起我说。我在他的帮助下爬进窝里,坐在麦克斯身边。艾玛琳决定跟我和麦克斯挤在一起,尽管中间那排椅子还有足够的空间。之前的旅途中,在气喘吁吁地穿过小镇、穿过草地和电线后,我呼出的热气曾令她抱怨过。我不知道她为什么改变了主意。

我们还没开出社区,艾玛琳就掏出了她最喜欢的书。书的主角是一头名叫哈罗德的恐龙。人类的字母总是令我困惑,无论我花多少时间去研究,都理解不了。幸好,这本书有鲜艳、美丽的图案——在麦克斯和艾玛琳的帮助下(他们俩都精通人类语言的艺术),我把书读了好几遍。这是一个复杂的故事。关键信息:哈罗德生活在海边,喜欢嚼泡泡糖。有时候,爸爸会模仿哈罗德的声音,欢快又悦耳。我很喜欢。

我们停下小货车,吃早午餐。麦克斯给我喂了一块牛肉卷饼,并让我从瓶子里喝水。之后,妈妈通过我放的屁问:"哦,天哪,科斯莫,你吃了什么?"就是麦克斯喂我的东西呀,我想,还能吃什么?我们摇下车窗,我把头探出去。这时候,艾玛琳说:"妈妈,我们玩儿'我是小间谍'①吧。"

"我是小间谍,"妈妈说,"我发现了某样 K 开头的东西。"

"卡车!"艾玛琳猜。

"科斯莫?"麦克斯猜。

在呼呼的风声里,我几乎没听见他的话。但当我们沿着高速公路行驶时,我轻轻扇动耳朵,心里有一种强烈的感觉:对我们每个人,这次旅行,可能都是一个全新的开始。我不知道为什么。也许是因为明媚的阳光令我们心情愉悦。也许是因为在海滩,爸爸不会睡在沙发上。也许是因为那里不会有摔碎的盘子。

我们一往无前,驶进崭新的日子。

---

① 一种猜谜游戏,通常父母和孩子在长途坐车旅行时会玩儿。游戏玩法:一个玩家在心里选定一件事物,然后说:"我是小间谍,我发现某某东西的第一个大写字母是……"然后另一个参与者必须猜出这个事物。此处为了对应中文,对字母和猜测的东西稍作改动。

二十三

汽车停在车道上,面前是一幢绿树环绕的大房子,树上花香四溢。麦克斯几乎等不及爸爸拔出钥匙,就跳出车外,朝吊床跑去。艾玛琳伸长双腿,我也做了同样的动作。在坐长途汽车旅行之后,你的肌肉紧绷又酸疼,此时没有什么比做一个深度拉伸更舒服了。

做了充分的热身后,我沉稳地踏上门廊台阶。妈妈打开门,我嗅着鼻子走进去。每到一个新的地方,我就承担起责任,嗅遍房间的每个角落,把气味分成"友好的"和"麻烦的"两类。地毯上的两个地方是两只狗曾经躺过的吗?友好的。厨房水槽下面的破气球?麻烦的。通风口附近的一撮流浪猫猫毛？没法确定。基本上，我确定这幢房子是安全的。

爸爸开始在洗衣机旁搭金属狗笼。我知道狗笼只在旅行时用（在家的时候它被放在壁橱里），但它的出现仍然令我沮丧。人类认为既然狗曾经生活在漆黑的山洞里，那住在狗笼里也没多大区别。但人类自己也住过山洞。严格来说，麦克斯、爸爸、妈妈，或者艾玛琳，都应该跟我一起爬进狗笼。

在艾玛琳幼年时期，她的确那么做过。她会假装自己是条狗，汪汪叫着、喘着气、摇着后腿。我想向她解释，做狗要比那复杂得多（她把事情想得太简单了），但我从来没找到合适的时机。而且，这是一种恭维。因为她从来没有假装过长颈鹿、乌龟，或者猫。

几分钟里，大家纷纷取出行李。我把哼哼先生放在沙发醒目的位置，这样它也许能适应新环境。麦克斯显然已经玩厌了吊床，他跑进来，把一张单人床据为己有。他和艾玛琳像皮球一样，在房间里蹦来跳去。

"省点力气吧，一会儿要游泳呢。"妈妈对他们说。她正在整理一个沙滩包，拿给我一个水盆。我已经知道，无论在什么情况下，永远不要喝盐水。

我们把其余东西放到一起——冲浪板、太阳镜、毛巾——沿着几座房子中间的木桥往前走。这座桥直接带我们走向大海。大海！我都快忘记海的味道了。不能喝的水！海鸥！曾经，我离抓到一只海鸥就差那么一丁点儿。爸爸发誓，我离那只海鸥超过十英尺，但我知道真相。真相是，我那天飞了起来。从此以后，我再也没跳到过那种高度。

那是下午最热的时候，所以海滩上人很少：老年人躺在条纹伞下，他们的冷藏箱里散发出了火鸡三明治的香气，还有隐隐约约的鱼味。我们五个冲向湿漉漉的沙地，不过我因为屁股痛，跑得比较慢。麦克斯把我们的沙滩巾放在离狗屎足够远的地方，只有我能闻得到。我们一安顿好，我就摆好了姿势：仰面躺在地上，露出肚皮，四腿翘在半空。我扭着身子，做着记号，直到我感觉到身下那一层清凉的湿意，直到我和沙子融为一体。

后来，海浪慢慢朝我们涌来。麦克斯开始徒手挖壕沟，我迫切地想要帮忙，用爪子刨着松散的地面，令沙子在我们四周乱飞。

艾玛琳咯咯笑着："科斯莫噢噢噢噢，你在捣乱。"

"不，它在帮忙。"麦克斯说。

我很高兴有人能理解我。

他们在壕沟里造了一座沙屋。它很壮观，具备一座沙屋该有的一切：又高又宽，有许多窗户孔，以及可以去往各种地方的螺旋楼梯。"我们应该住在里面。"艾玛琳说着，又把一捧湿泥堆在建筑顶部，"跟爸爸、妈妈还有科斯莫一起。"

我更喜欢我们普通的房子，但我不会说出来。光是能在这儿和他们一起，我就高兴得不得了了。

在下午剩下的时间里，我们晒着日光浴，吃了切成薄片的苹果，并驱赶着海鸥，让它们保持一定距离（也许，它们中领头的那个还记得我是谁）。我们看着艾玛琳在最浅的水域跑前跑后，手指捂住鼻子。海水打湿她的鬈发，令发丝扁平地贴在脑袋上。

"快来，"爸爸说着，拉起妈妈的手，拽她起来，"游泳去。"

妈妈犹豫道："你知道我讨厌海藻碰到腿的感觉。"

"妈咪，拜托啦。"艾玛琳说。

"是的，拜托啦。"麦克斯说。

一时间，我只能看着他们。我站在水边，任由海浪舔着我的脚趾。他们四个趴在冲浪板上踩水，大声欢笑，嬉水玩闹。我无比希望，时间能定格在此刻。我不断汪汪叫着，因为我们是那么快乐，我想不出更好的办法来告诉他们，我有多爱他们。我可以看他们玩儿一整天。

麦克斯转过身，朝我大喊："你还在等什么，蠢狗？"

于是，我轻快地跳进了海浪里。岁月在我身上留下的痕迹，仿佛都被海水洗刷走了。

二十四

接下来的两天都非常愉快。雷吉舅舅住在海滩的另一头,早上他用甜甜圈招待我们,非常甜的那种。我们一起租了一条小船,在水路中沿岸航行。我冲着许多鱼汪汪大叫。我们还游泳了。哦,我们真的游泳了!我的腿划水划得累极了。下午,我们把沙滩巾挂在晾衣绳上,躲在后面玩儿捉迷藏。"我在哪里?"麦克斯说,"科斯莫,快来找我!"

我找到他了,每一次都找到了。我会追着他的声音去任何地方。

第三天晚上,雷吉舅舅问:"有谁想吃热狗吗?"

多荒谬的问题!难道不是人人有份吗?爸爸朝烧烤架上扔了几个热狗,妈妈在门廊上摆好玻璃桌,桌上的纸巾随风摇曳。我很高兴没有看到任何银器，大家都返璞归真。麦克斯先抓了一个，用手拿着吃。番茄酱和芥末在他手指上亮晶晶的，我舔了舔，最后吃下自己那份热狗。麦克斯把肉切成小块，撒在露台上。显然，这是为了防止我吃得太快。但我喜欢这样，喜欢这种狩猎的感觉。我抓住每一块肉，大声咀嚼。

麦克斯看着我，微笑起来。我意识到自己已经很久没有看到他笑得这么灿烂了，心里既高兴又担忧。我想念他大笑的样子，想念他捧着肚子笑得直不起腰、笑得鬓发乱晃。

晚餐后，麦克斯带我去铁丝笼里和哼哼先生好好相处，它对新环境适应得不错。麦克斯告诉我，在巴哈马群岛中，有一座岛是野猪统治的，它们会在波光粼粼的蓝色海域中涉水。不管这是不是真的，我都觉得很安慰，因为哼哼先生也许离它的自然栖息地更接近了。

麦克斯锁上笼子门："对不起，科斯莫，如果可以的话，我会带上你的。"

他看起来非常遗憾。

大家都知道，美特尔海滩上，有些地方是禁止狗进入的。镇上到处都是这样的地方：卖黄油蟹的餐馆、小商场、旋转设施很多的游乐园（有着奇奇怪怪的过山车，会迅速地冲上冲下）。在去的路上，我们经过了一个操场，里面放着塑料恐龙。艾玛琳问，其中一头是不是哈罗德，她绘本书里的主角。没有人表现出不以为然的样子，没有人认为这是个愚蠢的问题。我们全都仔细思考着，并认定哈罗德在其他地方。

现在，爸爸把一条沙滩巾盖在我的铁丝笼上，一切变得又冷又黑。我听到家人们的脚步声——走出房子，踏上门廊——出门去打迷你高尔夫。过了一会儿，我决定睡个觉，这样时间会过得更快。我没想到会被摔门声吵醒，把手上的铃铛叮当作响。

然后，是麦克斯的声音。

"哪怕到了这里！"他大吼，"你们俩还是要吵架！这本来应该是很开心的事情！只是为了一场小型高尔夫而已！"

我很惊讶。麦克斯从来不会大声吼叫。

"亲爱的，"妈妈说，"我们不是有意要……"

"告诉我实话！你们把我当个小孩。你们觉得我看不出来，什么也不懂，但我都知道！就算是艾玛琳都能看出来，而她甚至还相信青蛙会说话。"

我嘴里很难受，通常睡完觉，我都会有这种感受。我觉得晕晕乎乎，不知所措。发生了什么？这跟青蛙有什么关系？

"你是对的。"妈妈平静地说，"完全正确。你说的每句话都有道理，我跟你保证——我跟你拉钩发誓——我们会谈一谈的。我只是希望，我们可以趁现在，好好过这个假期。"

我等待着麦克斯的回答，但他什么都没有说，只是扯掉了我笼子上的沙滩巾，打开笼门。我本能地跟在他身后：腿嘎吱一下站起来，弯着腿走进他的卧室。他打开卧室里的小电视机，瘫坐在地。

今晚我不在场。狗不玩儿迷你高尔夫（尽管我们肯定有这个技能）。所以，我只好把知道的信息拼凑起来，去了解到底发生了什么。我花了好一会儿工夫，才弄清楚细节，还借助了许多想象。也许是有人偷了高尔夫球，也许是一只好斗的松鼠入侵了球场。我能确定的是，这不是我期待中的快乐的新开始。我听见了艾玛琳和爸爸的声音——我想他们在屋外的某个地方，也许是门廊。雷吉舅舅离开了。我们都在单独的空间里，自己的世界中。

麦克斯摁着电视遥控器。探索频道居然在放有关狼的节目！那是我的祖先们！

"看这个好吗？"麦克斯心不在焉地问。

"好极了。"我心想，"这也许是今晚唯一的好事。"

我们看了一个多小时。事实证明，人类造的"狼群"这个词，大错特错。最近，科学家们发现，狼是以家庭为单位生活的，就跟人类一样：有爸爸、妈妈和孩子们。要我说，当然是这回事啦！如果有人问过我，我可以更早提出这种假说。在麦克斯小时候——当时我也很小——我们会在草地上玩儿摔跤。我们背上沾着泥，内心很充实，一直玩儿到彼此气喘吁吁、筋疲力尽。我们一起长大——我从来不喜欢"主人"这个词，因为我和麦克斯，我们是兄弟。

节目结束时，爸爸走进麦克斯的卧室，敲了敲敞开的门："嗨，孩子。"

"嗨。"麦克斯说，但是他没有看爸爸所在的方向。

"想吃冰激凌吗？"

"我不饿。"

"吃冰激凌不用非得饿了才行。"他顿了顿，又顿了顿，"好吧，如果你改了主意，我们有香草薄荷味的，还撒了巧克力碎屑。"他在门口犹豫了一会儿。那一刻，我不知道他会不会蹲下来，陪我们一起看电视，仿佛一切会自动好转，仿佛突然间，我们会想起海滩是个快乐的地方，不允许争吵。但他叹口气，转身离开了。

"你不会那么做的。"爸爸走后，麦克斯低声对我说。我不知道麦克斯指的是什么，但我可以感觉到他话里的怒气。我们蜷缩在一条毯子里。虽然外面非常暖和，但在毯子底下，一切都更有安全感。

"他们老把我当个小孩。"麦克斯的声音响了一点，"我厌倦了各种假装。他们表现得就像我什么都不明白。我只是想让他们把我当个懂事的人对待。"

我要怎么告诉他，我对大多数人也是同样的感受？有时候，我非常想说：难道我没长眼睛吗？难道我没有耳朵吗？

"我知道你能懂。"麦克斯说。

没错。

"有时候,我觉得只有你能懂我。"

又一阵敲门声响起。是爸爸吗?肯定是爸爸!是他走回来说,他想跟我们一起看电视,想跟我们窝在一块儿。但这一次,探头进来的是妈妈。

"宝贝?"她说。麦克斯微微动了动。"能请你和我们去另外的房间吗,拜托?开个家庭会议。"然后她特意看了我一眼:"你也一起,科斯莫,来吧。"

我本能地回忆了一下,过去几天里,我有没有可能做错什么事情。我塞在小货车座位下面的奶酪饼干空包装纸,也许被妈妈发现了?我在海浪中把麦克斯的新冲浪板抓出的划痕,被爸爸看到了?

麦克斯滑下床,跟着我走进另一间房间。我低着头,尾巴也耷拉着。我向来没本事隐藏自己的愧疚——对任何事情都不能。但是有些狗,在偷了一整包午餐肉、舒舒服服饱餐一顿后,还可以高高地扬起头,欢快地四处跑。而我,只会缩在角落颤抖,每一次呼吸都带着午餐肉的味道,每一个动作都在大喊:是我干的!是我!

我们一进入房间,我就有来回踱步的冲动。我立马感觉到了空气中的剧烈波动,我和麦克斯仿佛径直走入了暴风雨里,爪子全是湿的。艾玛琳已经缩在沙发一角,胳臂环抱着膝盖。爸爸则恰恰相反。他坐在一把椅子里,那把椅子可以躺平到底,但他没有躺下,而是身子前倾,紧握着双手朝我们靠来。"上这儿来。"他轻声对麦克斯说,"快坐下。"我敏锐地发现:这是爸爸哄我看兽医时的声音——当时在兽医办公室里,伴随着冷冰冰的金属和瓷砖,他就是用这种语气试图安慰我的。

"怎么了?"麦克斯问,他慢慢在艾玛琳身边坐下。我窜到他脚边,脑袋靠在他膝盖上,试图把我所有的智慧传授给他:如果他给你吃饼干,麦克斯,你可别上当!我没法儿想象麦克斯被一个圆锥形的塑料圈套住脑袋,撞到墙上和门上。

"呃,"妈妈说,她在另一把椅子上坐下,"你们可能已经注意到,我和你们爸爸经常吵架,而且……我们已经吵得非常厌倦了。我们不想再吵下去了。"

爸爸长长地叹了口气:"我和你们妈妈都非常、非常爱你们。这点没有改变,也永远不会改变——

你们明白吗？只不过，我们对彼此的感觉不再像从前那样，所以……"

"所以，我们想做对这个家最好的决定。"妈妈把话说完，"是为了我们好，也是为了你们俩好。"

麦克斯咬紧牙关。

艾玛琳把膝盖抱得更紧。

"我们打算离婚。"爸爸说。

就是它，就是这句话。他们在这间房里，大声地说了出来。我牙齿打战，开始觉得自己又吃了太多脏土，肚子很胀，胃里翻江倒海。

"这糟透了！"麦克斯勃然大怒，跳了起来，"你们带我们来度假，然后你们就……你们就……"他在颤抖。整个房间都在颤抖。

"你可以生气。"妈妈轻声说，"你有权利生气。"

爸爸的话音更轻："我们试过了。我们上这儿来，就是因为——我们还想试一试。"

"那么，你们还不够努力。"麦克斯咆哮道，艾玛琳哭了起来。

我明白他的愤怒，因为我自己也没彻底理解——有时候，如果你是人类，你就会失去爱。

妈妈用手指捂住眼睛。爸爸伸手理着头发，一遍又一遍。艾玛琳身子往下滑，麦克斯看起来准备逃跑。

在这些时刻，它变成了真的，一切都是真的。我们真的有可能分开。

我们，分开。

"我知道你们可能会有许多问题。"妈妈说。

我的确有问题。麦克斯、艾玛琳和我，还会在一起吗？会不会像麦克斯在学校认识的那个男孩一样，我跟爸爸走，麦克斯跟妈妈走？我们是密不可分的。密不可分！至少，给我们个机会，让我们在舞蹈大赛中证明这一点。因为，如果我和麦克斯赢得了那个龙套电影角色，就能证明这一点。

我开始轻声呜咽。有些场合实在太难忍受。

"我希望你们明白，"爸爸握着手说，"虽然现在事情看起来很糟，但一切都会变好。"

我一直都很信赖爸爸和妈妈。在我的记忆里，他们只有一两次没准时给我喂饭。但现在，我在他们的声音里听出了异样，有些脆弱、有些没把握。

妈妈说："爸爸……爸爸要离开一段时间。等他回来，我们就……决定如何安排今后的生活。现在我们还没有任何计划。要考虑的事情，实在是……实在是太多了。但就像爸爸说的那样，一切都会好起来的，我保证。"

"保证？"麦克斯大喊，从沙发上站起来，"你保证？你们的保证没有任何意义。我要去睡觉了。"

爸爸张了张嘴，想说些什么，但妈妈打断了他："大卫，让他走吧。"

麦克斯飞快离开，我紧随其后。

回到他房里，我来回踱着步，试图通过用鼻子去压哼哼先生的肚子，来缓解我的紧张，直到把哼哼先生按出它标志性的叫声。我情绪失控，不顾一切地想安慰麦克斯。我把哼哼先生推到他膝盖上，希望这个动作能传达我所有的感受。我的玩具是你的，麦克斯，我的心也是你的。玩具猪用黑溜溜的、穿着线的眼睛盯着我们，我不知道它是否能提供足够的安慰。

"谢了，伙计。"过了一会儿，麦克斯说。他接受了我的礼物，摸摸哼哼先生的脑袋，抽了抽鼻子："你真的想把它给我？"

没错。

"你知道我不可以把它从你身边拿走。"

可以的,拜托。

"那我们一起抱着它,好不好?"

我对麦克斯的爱越来越多,我希望——我最希望的是——我可以用他能完全理解的方式回答他。就在这时,艾玛琳敲了敲门,溜进麦克斯的房间。我们三个在地板上拥抱了很久,哭泣着,然后又一起蜷缩在床上。

我们凝视着窗外的星空。

"宇宙大极了。"麦克斯曾经说,"比你想象中的还要大。"现在,我想着那句话,想着我们花了那么长时间,试图避免这一刻。但是,你永远无法逃脱在所难免的事情——哪怕你跑得很快;哪怕你很年轻,腿上没有关节炎;哪怕你有一整片广袤宇宙可以奔跑。

离婚是一条牧羊犬,它候在黑暗的角落,专挑我们的弱点找碴儿。

二十五

我肯定是睡着了,因为等我回过神来,房间里的灯全关了,海滩别墅静悄悄的。艾玛琳已经回到了自己的房间,麦克斯正轻轻摇晃着我的肩膀。我的指甲刚修剪过,所以我爬起来跟在他身后时,弄出的动静很小。从我了解的情况来看,现在是半夜了,透过玻璃门可以看到硕大的月亮。麦克斯一定是饿了,不然他为什么现在还醒着呢?也许他肚子饿得咕咕叫。肯定是这样,我们要去厨房吃夜宵。

我试图坚持这个推测,哪怕麦克斯抓起了他的运动鞋。我应该汪汪叫吗?警告一下爸爸妈妈?还是说,麦克斯打算离开家,可能是为了带我上厕所?是我在哪里给了他错误的暗示吗?我觉得自己进退两难，不知所措。我讨厌让麦克斯惹上麻烦，但是在半夜离家出走，同样冒着风险，不该这么做。

麦克斯！

我还没来得及把想法付诸行动，他就迅速溜出了门。我慌忙跟在他身后。如果麦克斯想要夜游，我必须在他身边保护他。屋外，路灯亮着微光。海浪声盖过了我能听到的任何声音。我期待着麦克斯解释自己的行为。事实上，我在恳求他解释自己的行为：呜呜叫着，用我湿漉漉的鼻子去推他的手。他抹了防晒霜的皮肤，舔起来是苦涩的。

"我知道。"他对我说，"我很抱歉。但在发生了刚才的那一切后，我睡不着，待在屋里我没法儿呼吸。别担心，我给艾玛琳留了便条。"

这让我想起了我们在下雪天的对话，有关逃跑的事情。我以为那只是个假设！这就是我们现在在做的事情吗？我们是在逃跑吗？愧疚感在我内心翻腾。

我忘了哼哼先生。

我就这么把它丢在了麦克斯的房间里。如果它醒来发现我抛弃了它，它会怎么想？还有零食怎么办？没有零食我们要怎么活下去？我也许夸耀过自己的狩猎技巧，但我从来没想到自己必须去用它！你能想象：我，靠吃松果和小动物为生吗？

等一下……麦克斯逃跑的时候，肯定要带背包！

麦克斯现在没有带背包，他不会丢下他的宇航员签名照或者月球岩石的。但当我抬头看去，注意到：他肩膀上挂着一个小包。这吓了我一跳。我们穿过房屋中间的桥梁，面前是一望无际的海洋。海滩空空荡荡。我之前从没见过它如此空旷。还有星星！天空比我们在家的时候更亮。在我们的社区里，在所有房子和路灯的光芒下，如果你能看到几个星座，那是很走运的事情。但在这里，一片繁星，近在咫尺，我几乎能闻到它们的气味。

"我不能让他们把我们分开。"麦克斯对着夜色低语，"现在，那种情况真的会发生。"

我心中一阵恐慌。我们应该待在屋里，应该安全地待在屋里。但是麦克斯没有说别的话，于是我们走啊、走啊，在沙滩上留下一串脚印，直到我的左爪开始觉得疲惫，酸痛的感觉又回来了。我不知道，如果我瘸着腿走路被他看见，我们是否能转身回家。也许，没人会注意到我们的离开。

突然间，他拐进了一条小路，远离海滩，脚下的人行道也变暖了。"它应该离得不远。"他说，他的声音轻得像是低语，"我们来的时候，我见过它的。我想，就隔了几栋楼。"

通常，我会喜欢这么做——只有我们两个，一起去探索夜晚。但前提是，得在我们家里的后院，我们可以抓萤火虫，也许还能吃点心；麦克斯可能会指出星座的位置，我则用鼻子去拱他的颈背，直到他说"科斯莫，你的鼻子太冷啦"。然后我肚子擦着地面，趴下来，也许会在草地里打个盹儿。该进屋时，麦克斯会将我叫醒，他的动作始终那么温柔，轻轻握着我的爪子上下摇摆。

我说过，麦克斯非常聪明。但我知道：情绪上头时，人会变得不理智；坏念头会悄然潜入，干掉好想法。我也因为情绪冲动而吃过苦头。虽然我的判断并非一贯正确，但现在，我清楚地意识到：如果我们沿着这条路继续走下去，会惹上麻烦的。所以，我大叫起来，在我肺活量允许的范围内，尽可能叫到最大声，从肚子深处发出狂野的噪声。我的吼叫声回荡在小巷中,回荡在停车场里、垃圾箱间。

在领先我三步的地方,麦克斯转过身,手指竖在嘴唇前:"科斯莫,嘘。"

他之前从来不曾嘘过我,我讨厌这种感觉,就像肋骨被戳了一下。我往后一缩,尾巴夹在腿中间,发出一声低沉的呜咽。他的神情立刻变了。

"哦,科斯莫。"他声音颤抖地说,"对不起。我不是有意的。"随后,他忽然一抬头说:"不!不,不,不。我忘了带水,忘了给你和我带水。我们要坐很久的巴士。"

他轻轻拽了拽我的狗绳,示意我跟上。但我脑子里嗡嗡的全是他的话。坐巴士?

"我想,车站边上有一个加油站。"他说,"我可以……没错,我可以去那儿买点水。实在是抱歉,伙计。我可以再给我们买些饼干。奶酪味,你喜欢的那种。"

这令我一时间分了心,因为我真的很爱吃那些饼干。浓郁的咸味,顺滑的口感,嚼起来香极了。一次,我配着额外的喷雾奶酪吃了饼干。这些饼干整整齐齐地放在一个罐子里,浓香扑鼻,而且……

不!

我羞愧地发现,自己在流口水。这种时候,我怎么能去想吃的呢?这种时候,我怎么能去想我的膀胱呢?我一边走,一边感觉到了强烈的尿意。麦克斯知道,每当我紧张的时候,我需要尽快去上个厕所。有时候,无论我多努力,都忍不住要尿出来。

一辆车减慢速度,从我们身边经过。远处的某个地方,一只海鸥在呱呱叫。我拖着脚步,越走越慢,感觉到狗绳已经完全紧绷。

似乎过了好几个小时,我们终于抵达了加油站。移门"呼啦"一下打开,一股冷气扑面而来。我的鼻子抽了抽,空气里有化学制品的刺鼻味道。

"你!"对面商店里有个男人喊道,"不能带狗进来。没看到牌子吗?"

我不识字。我说,觉得被冒犯了。

麦克斯吸了一口气:"科斯莫,你能就在这里等我吗,拜托了?你能待在这里吗?"他迅速把我的狗绳系在一个自行车停放架上。月光在我们周围闪烁——"我马上就好,马上,我保证。"我也做了保证——保证我的视线不离开他,保证我会执着地看着他。但他消失在了通道中，廉价的食品包装吞噬了他。我拽着狗绳，迫切地想看到他。我想象着我的爪子没有受伤，腿不那么酸痛，我可以用尽全部力气。

什么也没发生。

我站在那里，在人行道上喘着气，沐浴在摇曳的昏黄灯光里，意识到了形势的严峻——真的意识到了。我和麦克斯，我们在离家出走。我们要离开艾玛琳、哼哼先生，以及后院灌木丛里的松鼠。我们要离开我们的社区、舞蹈俱乐部、雷吉舅舅、爸爸和妈妈。虽然我最害怕的是和麦克斯分开，但现在这样并不对。我知道，现在这样做并不对。

大拇指！如果我有大拇指就好了。这样我就能解开这根狗绳，与麦克斯分开——这是为了大局考虑，是为了我们俩好。如果我失踪了，也许他会来找我，也许我们最后不会上那辆车。

然后，似乎有一个声音在微风中对我低语，说我拥有一个舞蹈者的灵魂。我可以利用这一点——我的新技能、我的柔韧性——逃脱这个装置。我旋转着，又是挤，又是弓背，又是打滚。伴随着轻轻的一声"砰",狗绳松开了。

我环顾四周,发现不远处有一个树篱,上面扔着汽水罐。我不知道自己哪儿来的力气,开始一瘸一拐地穿过停车场。我可以做到的,我可以藏在那里,这样麦克斯就不得不来找我。

两辆大巴士开进了加油站,臭臭的尾气污染了夜晚。我必须加快速度。

"科斯莫?"是麦克斯的声音。麦克斯的声音在我背后喊道:"哦不,科斯莫!过来,小伙儿!科斯莫!"

但我不会回头,不会。我用尽剩下的力气,发出一声大吼——

突然间……太突然了!

尖锐的轮胎摩擦声,伴随麦克斯发自肺腑的尖叫。车前灯一闪,直奔我而来。

二十六

他买了乳酪饼干,是我喜欢的那一种。它们被装在一个小塑料袋里,边上还有一瓶给我们俩分着喝的水。我看着它们从他手里滑落。他朝我冲来,大叫着:"科斯莫,不!"

急刹车声、轮胎打滑声——噪声太多了。根据特纳经典电影频道演的,在这种时刻,你的整个人生应该在你眼前闪过。我想到的是麦克斯和艾玛琳,还有我对乌龟的态度太不公正了。毕竟,过马路是很棘手的事情。

然后,麦克斯的手在推我,我们翻滚到一边。那辆车险险避过我们,在最后关头转向了灌木丛。我知道我年纪大了。我精彩地活了那么多年以后,在加油站的停车场被一辆车撞倒——这种事情，我知道大多数人类都不觉得是什么大悲剧。从大局上看，我和我的家人都很渺小，只是沧海一粟。但我很高兴活了下来——我有太多想要付出的东西。

还有麦克斯！

是他……他刚刚……

我瘫在地上，他跪在我身边，战抖着，额头贴到我肚子上。"你差一点儿就……你差一点儿就……这都是我的错。"我还没意识到发生了什么，我还没完全反应过来自己有多幸运，他就哭了起来。我的男孩儿救了我——我的男孩儿为了保护我，跳出来挡车。我一下子被震撼了：一直以来，我以为我爱麦克斯胜过他爱我。但现在我知道，真相是我们俩都深爱彼此。

司机很快就把车倒出灌木丛，开走了。这时，我恰好看见了他后视镜上挂着的毛绒骰子①，黑白相间，毛跟牧羊犬一样蓬松。麦克斯和我被留在原地，留在星空之下，我们看着彼此。这一次，我不再希

---

① 外国人挂在汽车后视镜上的装饰物，通常是两颗一块儿挂，代表幸运。

望自己可以说人话，因为此时此刻，一切尽在不言中。

"你是对的。"麦克斯低声说，"我们不应该就这样跑掉。"

他帮助我来到人行道上，一直等到我恢复了力气，我们才行动。当我再次颤巍巍地站起身，他说："我保证要去的地方不远。"他带着我穿过街道，转入另一条木板小路，迈着沉重的步伐，朝一幢有吊床和冲浪板的房子走去。花盆中种着蓝色的花，垫子上放着鞋子。住在这里的是什么人？我们该不该在半夜里去敲门？

"我们在这里很安全。"麦克斯说。

海面吹来一阵微风，随之而来的闪电将天空分成小块，一切都在发光。

麦克斯敲了敲正门，接着又敲了一下。

应门的是雷吉舅舅。

"麦克斯？"他揉着眼睛说，瞥了一眼角落，头发乱得像鸟窝，"几点了？你爸爸妈妈呢？"

"他们要离婚。"麦克斯脱口而出，"他们要离婚。我不想跟科斯莫分开，所以我带上它打算离家出走。我甚至去了巴士站。但是我没有带任何水或者乳酪饼干，科斯莫真的很喜欢那一种饼干。后来它就差点儿被一辆车给撞了。这是我的错，都是我的错，我差点儿害死它。雷吉舅舅，我意识到离家出走太蠢了，我想，呃，我想到了你在这里。我们在来的路上看见过你的房子，所以……"

雷吉舅舅上前一步，伸手抱住麦克斯。"没事的。"他说，"没事的。现在你们在这里……你没有受伤吧，没有吧？"

麦克斯摇摇头。

"你确定吗？"雷吉舅舅问。

"我确定。"

"科斯莫也没事，对吧？"

"不是因为我。"麦克斯轻声说。我完全不懂他在说什么——他明明救了我的命。那之后，很长一段时间都没有人动。然后，雷吉舅舅松开了他，示意我们去后面的露台。露台俯瞰一片沼泽，月光倾泻而下，在高高的草叶上流淌。天空被越来越多的闪电撕成碎片。

"暴风雨要来了。"雷吉舅舅说，他把手插到口袋里,"我讨厌这么说,但你知道,我必须给你父母打电话。如果醒来发现你不见了,他们会吓死的。"

麦克斯坐进一张沙滩椅中,肩膀裹了一条旧毛巾。他身上散发出一股愧疚的味道——他看上去那么、那么疲惫,脑袋往后仰着。"但是我必须要离开吗?我和科斯莫就不能跟你在一起吗?"

雷吉舅舅严肃地点点头:"我看看我能做些什么。"他消失在屋里。天空中开始下雨——是我们能忍受的毛毛细雨。麦克斯伸出双手,接住雨滴。他伸出舌头,黑发也卷了起来。雷吉舅舅回来时,手里拿着一盒甜甜圈。"虽然是吃剩的,"他说,"但这种时候,吃点甜甜圈会好受些。我的排长过去常这么说。吃吧。"

于是我们吃了起来。麦克斯掰下油腻的碎片,放在掌心里喂我吃。

"我跟你妈妈通过电话了。"雷吉舅舅说,"她说,你们可以在我这儿待到早上,如果你愿意的话——只要你保证,再也别做这种事情了。"他在离得最近的椅子里坐下,"你的父母是好人。真的是好人,麦克斯。虽然我不清楚具体是怎么回事,但是我知道,他们从来不想伤害你和艾玛琳。这是他们最不愿意看到的事情。"

"我们甚至没有……"麦克斯说。远处电光闪闪,他的声音越来越轻:"我们甚至没有等到舞蹈大赛开始。他们本该在这一切发生前,看到我们的比赛。他们本该看到我们获胜,看到我们在那部电影里演出。"

雷吉舅舅没有完全弄明白麦克斯的意思——他不像我那么懂他。但过了片刻,他还是弯下腰,握住他的手:"谁说他们看不到了?你可以花时间和科斯莫在一起。你可以跟你最好的朋友一起玩儿。你知道这些有多特别吗?如果我能和我的狗罗西再待上一天——就一天——我几乎愿意付出一切。我们在一起经历了太多事情。说真的,我每天都在感谢上帝,让我在机场见到你们。因为我踏出那架飞机,身边没有它的陪伴,都快要崩溃了。"

听见这话,麦克斯再次泪如雨下——我努力想爬到他膝盖上,哪怕我那么重,又那么累。我扭着身子,把头靠在他肩膀上。我们的重量压得椅子嘎吱作响。他最后又咬了一口甜甜圈,把其余的剩着。

我能感觉到他并不饿,我也不饿。我剩了一半在门廊上。

"我很抱歉。"最终麦克斯低声说,"罗西的事情我很抱歉。我和科斯莫的感情跟你们一样。所以……我不打算参加舞蹈大赛了。"

雷吉舅舅挺直了背。

麦克斯脸颊和嘴角上还挂着泪水:"我们花了这么多时间……想证明我们不应该被分开……可我差点儿永远失去它。因为我,科斯莫差点儿死了。我不能……我不想再冒任何风险,或者去任何地方,或者相信自己能想出好主意。是我想参加这个大赛,不是科斯莫。它是被我拖去参加的。"

那不是真的!我在椅子里抖动身体,告诉他。我一直很想跳舞。

"科斯莫在那里玩儿得很开心。"雷吉舅舅说,"今晚只是一场意外。你爱那条狗。我真不知道你是怎么想的,伙计。什么叫'想证明我们不应该被分开'?"

麦克斯充耳不闻。他心不在焉地踩着步子,话越来越多:"我知道我说得不明不白,但这就是我的感受。我不能……我不能确保自己不会让它受伤。至少,如果它和爸爸在一起,我能够再次见到它。我只是没法儿、没法儿面对这一切。"

雷吉舅舅咬着腮帮:"你已经长大了,完全可以做出自己的决定。但我希望你能改变主意。"

"我不会的。"麦克斯告诉我们。那是他那一整夜说的最后一句话。

二十七

第二天早上,麦克斯沉默地吃着他的麦片粥。我们回到海滩别墅,在那儿,爸爸妈妈先后拥抱了他。他沉默地重新打包行李。涨潮的时候,爸爸把海边别墅锁了起来,将钥匙扔进信箱里。我们五个行驶在几乎空无一人的道路上,看着阳光洒在屋顶。半路上,麦克斯把额头埋进我脖子的褶皱里,保持这个姿势一动不动。

这一次,我们没有停下吃牛肉卷饼。我没有把脑袋探出窗外,我的耳朵和脸颊也没有在极其舒适的微风中抖动。我们只是上了小货车,又在四小时之后下了车,中间只停了一次去上厕所。

到家后,沙滩巾和冲浪板被从后备厢中取出。

行李箱空了。零食被放回了柜子里。麦克斯几乎立刻就爬上了床。我试图跟随他，把鼻子塞进被子下面，用我的鼻子轻轻推他脸颊。我叫了一声，但他似乎没听见。他拉过被单，罩住脑袋，所以我只能在那里不断打转，焦虑地想要躺下。但我不能。现在，我们应该比以往都需要练习舞蹈。我们应该跳舞！因为我们也许还有足够的时间——去引起观众瞩目，去赢得比赛，去抓住电影角色。

如果我们试一试，我们可以在一起。

那天晚上，时间嘀嗒流逝。我的眼睛半开半合，思绪如潮水般涌进涌出。很久以后，我听见客厅里有动静，决定伸伸腿，去一探究竟。结果我发现，是爸爸坐在沙发边缘。他凝视着远方，就像我陷入沉思时的动作。然后，他的肩膀开始抖动，我还听见了他的哭泣声。非常小声。虽然我本能地想冲过去，用鼻子轻轻去推他摊开的掌心。但我还是留在了夜灯边。大多数时候，我相信我能够理解人类。我明白他们为什么恨，为什么爱。但有些时候，我会发现某种新的情感——很隐蔽、很复杂，让我很是惊讶。

让我很是惊讶。

我惊讶的是，事情有多容易崩溃。

回到床上，我睡睡醒醒。每次一翻身，哼哼先生就会发出一声尖锐的"吱吱"。无论我站起来多少次，转一圈，又重新躺下，似乎都没办法让自己舒坦些。麦克斯和艾玛琳基本上也没有睡着。他们叹了许多气，和我一样，肚子里全是空气。当太阳终于升起时，我们都睡眼惺忪，疲惫不堪。

我把鼻子探出麦克斯房门外，以为会闻到跟昨晚一样的气息：困惑、愤怒。但那里只有妈妈抹在手上的、柔和的薰衣草香皂味，以及昨天剩下的三明治的隐约香气。起初我觉得，只有我、麦克斯和艾玛琳醒了，但我很快听到了拖脚走路的声音。是爸爸，在他的房间里。我踮着脚尖走进去，妈妈不在那里，只见床上有一个打开的行李箱。

"嘿，小伙儿。"爸爸发现了我，说。

我突然想到，也许我应该把他的鞋子藏起来。要不藏两只？没错，两只都藏了！没有鞋，他就没法儿离开！我满脑子都是这个念头，开始疯狂地四处奔跑——从一个角落到另一个角落——搜寻任何闻起来像是鞋子的东西。

"哇哦,"爸爸说,"放松点,孩子,放松。"

但我仍在乱转。

其实我明白爸爸总会离开,不管他有没有鞋子、有没有袜子、有没有领带。但我还能怎么办呢?

爸爸一只手轻轻抓住我的项圈,另一只手用我喜欢的方式,温柔地摸了摸我的脑袋。然后他用额头抵着我的额头,低声说:"我真的很抱歉,科斯莫,我实在是非常、非常抱歉。"我沉浸在他温暖的气息中,舔了舔他的手腕和双手,告诉他没事的。哪怕事实并非如此。但他需要安慰。虽然我的主要负责对象是麦克斯,但这事就在我眼前发生,我可以看出他有多痛苦。

他松开手。我不知所措,把鼻子埋进他床上的一堆袜子里,打了一个短促又响亮的喷嚏。爸爸开始往行李箱里塞衣服,我抬头看着他。

"别那么看着我,科斯莫。"他擦了擦鼻子说,"我知道这件事很……但最终,它会有最好的结果。"他把最后一双袜子放到我够不着的地方。"现在,你乖乖做条好狗。"

我不认同他这项指令。我本来就是条好狗，一直都是。

行李箱咔嗒一声合上了。他走过的每一块地板似乎都在嘎吱作响，我慢慢跟着他往外走，来到车道边缘，妈妈、麦克斯和艾玛琳正等在那里。漫长的沉默过后，爸爸对艾玛琳和麦克斯说："我只是去爷爷奶奶家小住一阵子，我很快会再见到你们俩的。"他亲吻他们的脑袋："我爱你们。要记住，我非常爱你们。"

我呜咽着，紧紧靠在麦克斯的腿上。我们看着爸爸静静走入他的车里。麦克斯举起手，放在我的头顶。隔着我的毛发，我可以感觉到他在颤抖。于是我舔了舔他的手指和手掌。我舔了又舔——希望能化解他的悲伤。

"没事的。"麦克斯说。但我知道，这话不是对我讲的——需要说服的，是他自己。

我大声叫起来。爸爸从车窗里探出头，对我说："好孩子，你留下。"我能感觉出他话里的严肃。留下，陪着他们。在我不在的时候，陪着他们。

汽车驶离车道，开始拐弯，开进昏暗的晨光里。

它从松鼠的灌木丛和乌鸦的树木边经过,扬起尘埃,喷出尾气。我努力思考着"留下"这个词。在这件事上,我难道没有选择的余地吗?

我这辈子很少违背指令。我很小的时候就作出决定:在各方面,都要当一条好狗。但我也答应要保护麦克斯,用我的余生,执着地去保护他。肯定有一件事比另一件更重要吧?于是,我向前跳去,一路小跑。我奔跑着,哪怕身体很疼。我追着那辆车,现在,它已经是地平线上的一个光点。

我跑得尽可能快,直到自己再也跑不动。

第四章

去舞蹈大赛

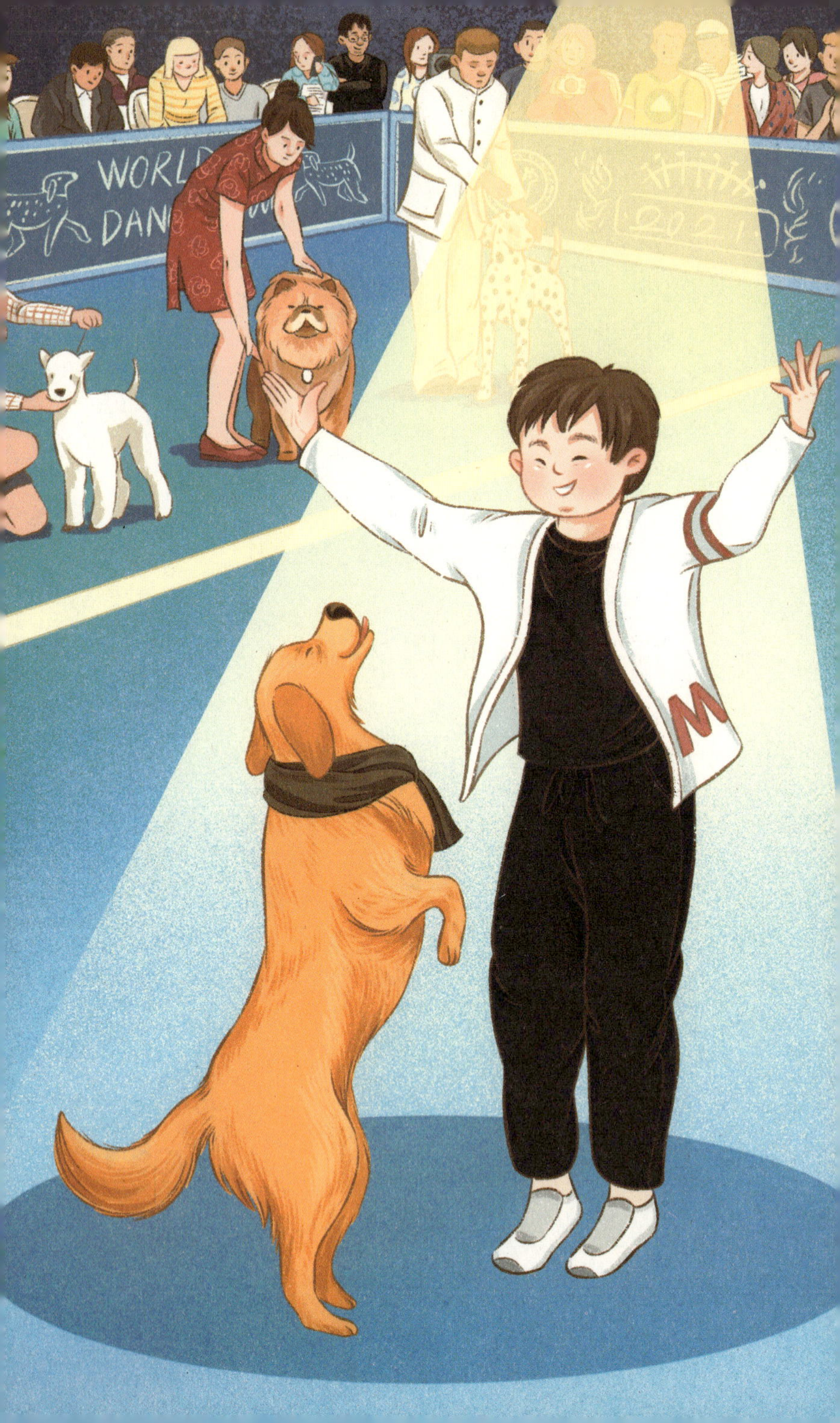

二十八

天鹅是可怕的鸟类。它们不会坐在树上，或者让你在野餐时去追逐它们。据说它们会咬人，而且会在公共湖边跟踪各种各样的狗。但有一件事我很确定，天鹅们一辈子都会待在一起……企鹅也一样。探索频道对此进行了广泛的报道。当时，我没有完全理解它的重要性：因为当一个连接断裂，其他的一切也会跟着分崩离析。

那之后的很长时间，我都在注意聆听是否有爸爸的汽车声，但是他从没回来过。接下来的三个夜里，我等待着他。在窗边有一个特别的位置，我能在那儿把鼻子戳进百叶帘的缝隙里。我在黑暗中守候着他的车前灯，竖起耳朵听是否有机械发出隆隆声，有他的车开进车道的动静。我想象着自己发出喜气洋洋的大叫，穿过草坪朝他跑去，立即打滚躺下。摸摸我的肚子，我会这么告诉他，一切都很好。

虽然麦克斯极力否认，但我认为他也在做同样的白日梦。他有什么想法都直接写在脸上，有时候我看一眼就明白了。他会在洗碗的时候突然抬头看，脑袋一动不动，就跟我在院子里盯着蜜蜂看的时候一样。然后他眨眨眼，摇摇头，继续用海绵清洗。

他可以跟我谈天说地，我会竖耳聆听。但他没有，我们只是在一起看电视。一切都染上了悲伤——它在摇曳的草丛间、树木的低语中、一团团的云里、我们吃的麦片中，以及呼吸的空气里。我自己仍在排练我们的舞蹈，我仍然希望麦克斯会改变主意——希望我们能登上大赛的舞台，跳出毋庸置疑、完美无瑕的舞步。因为每时每刻，我都在害怕那一刻的发生：一个电话、一声敲门声敲响麦克斯的卧室——某种信号表示：我要离开，而麦克斯将留下，我们会被分开。

第四天夜里，我梦见了爸爸妈妈，他们在跳舞。他们在厨房里，光着脚，就像我小时候看到的那样。爸爸抬起胳膊——我被教过那个动作,举起前腿——他旋转着妈妈,妈妈转成了一抹蓝色的幻影;他们在对彼此微笑。这就是整个梦境的内容。我希望能梦见更多画面。

我听到妈妈一天至少打两次电话。

"我不确定我们要不要卖房子。"一天晚上,她说,她的嘴贴在塑料上,"不,我们还没有——嗯,我们讨论过。律师?我不知道。我不知道。"

雪上加霜的是,妈妈还抓住了我藏在麦克斯床下的哼哼先生。"啊,你在这儿。"她对它说。看见它被随意地扔进洗衣机,我汪汪大叫。它旋转着。我的脑袋也跟着它一起旋转。最终,它闻起来干净极了,这真是难以忍受。我知道,妈妈觉得她这是在帮我忙。

但在凌晨,我舔着哼哼先生,迫切想找回它身上丰富的气味,一直舔到舌头觉得古怪。在这片混乱中,有些事情必须保持原样。你也许会说,我鬼迷心窍了。我竖起耳朵,眯着眼睛,在客厅的地板上,一遍遍朝它俯冲。它肚子发出的吱吱叫跟喃喃的低语没有区别。我很高兴没有吵醒任何人,因为我非常努力地想要强大起来。当我终于陷入梦境，产生了一种无比古怪的感觉，我觉得牧羊犬就在这里，俯视着我，下巴上的口水一直滴到下面的毛发里。

爸爸离开后，家务活攒了一堆没人干。雷吉舅舅在尽力帮忙，我也出了一份力：吃过饭后，我用舌头把盘子清洗干净；草长高了，我用牙齿一点点啃掉，常常会把草叶吞下去。草吃得太多的后果，是我在客厅的地毯上吐了一堆鲜绿的东西。对此，我也帮忙清理干净了。总之，我不由自主地重复着：我们很好，我们很好。我不知道我现在是不是得了人类口是心非的坏毛病，因为我们压根儿就没有一个人是良好状态。

接下来的一周，将迎来夏天中最炎热的日子。麦克斯往我的水盆里扔了冰块，他跟艾玛琳待在一起的时间比以往更久。他们在后院里荡秋千，尽管麦克斯声称，他早就过了玩儿秋千的年纪。他们在社区泳池里游泳，回家时都晒黑了。当天实在热得令人发昏时，他们就待在艾玛琳的房间里。我发现她的毛绒玩具被扔了一地。我很早就知道，艾玛琳的毛绒玩具是不能碰的。但我还是轻轻推着它们，像她之前做的那样，将它们排成一排，试图恢复家庭秩序。

"科斯莫，"后来艾玛琳说，"我所有的毛绒玩具上全是你的口水。"

不客气，艾玛琳。完全不用客气。

我眼角瞥见她也拿着一只毛绒猪。那我应该把哼哼先生带过去一起玩儿吗？它经常错过跟同类交朋友的机会。

艾玛琳盯着她恐龙拖鞋的鞋尖，然后歪头看向麦克斯："你觉得等我们长大了，会一直很不开心吗？"

麦克斯让一匹玩具马后腿直立，模仿着马的嘶鸣，吓了我一跳。"我想，不是所有成年人都那样的。"

"我朋友萨拉说，爸爸永远不会回来了。"

"告诉萨拉，她很刻薄。"

他们顿了顿。他让马往前走。

"萨拉的爸爸再也没有回来。"艾玛琳说。麦克斯没有回答。"爸爸会再和我们住在一起吗？"

"呃，我不知道。"

艾玛琳非常努力地思考着，她的小眉头紧紧皱在一起。最后，麦克斯去厨房准备零食了——闻上去，像是薯片的香味。艾玛琳用手指替我梳理毛发时，我能感觉到一股阻力，她的手沾着早餐时的糖浆，黏糊糊的。"科斯莫，"她轻声说，"你还爱我，对吗？你不会有一天不爱我了吧？"

我曾经以为，电影是对现实生活的完美模仿。好人会打败坏人。战争会结束。像丹尼和桑迪那样分手的人，后来会重归于好。但我逐渐意识到，我们其实都只能尽力而为。

那天晚上，我们在艾玛琳的房间里翻看《卡尔文与霍布斯虎》[1]，这是一个复杂的故事，主人公是一个小男孩儿和他的宠物老虎。我们看到有个场景是卡尔文在描述天堂的样子，我发现他的想法跟我不同。我相信死后的世界是一片光明又辽阔的天空。我相信灵魂会在一起：人类和狗的灵魂，人类和老虎的灵魂，就像活着的时候一样。

---

[1] 20世纪八九十年代美国经典漫画。

"这故事真让人难过。"艾玛琳轻声说,"我更喜欢看他们吃金枪鱼三明治。"

"还有假装自己在太空里。"麦克斯赞同道,替她掖了掖被子。如果我有可对立的拇指,我也会帮忙的。

"再给我讲个故事吧?"艾玛琳问麦克斯。

"你想让我给你读《哈罗德》吗?"

她摇了摇靠在枕头上的头:"你编一个。"

麦克斯说:"我不知道怎么编……"

"试试看嘛,"艾玛琳说,她把被单拉到脖子处,"拜托了。"

"呃……好吧。让我想想……从前有条狗,叫作科斯莫。"

我把头抬得更高,竖起耳朵。

"就像我们的科斯莫一样?"艾玛琳问。

麦克斯点点头:"没错,不过它……拯救了社区。一只松鼠协助了它。它们一起和罪犯打斗。"

哦,真是一个惊人的转折。

"它们跑过树林,"麦克斯继续道,用手在身前模仿奔跑的动作,"赶走了所有的怪物。"

249

"就这样?"艾玛琳说。

"这还不够吗?"

"当然!科斯莫需要拯救全世界。"

"我想,在那之前它会肚子饿的。"

艾玛琳微笑起来:"松鼠有花生酱。"

他们哈哈大笑,不过我记下了要如何改进故事:去掉松鼠。保留花生酱。麦克斯亲了亲艾玛琳的额头,跟她说晚安。然后他去打开门廊的灯,说是给爸爸留的,怕他回来看不见路。

我在后面待了一会儿,靠在床单上面。在黑暗中,艾玛琳凑近了,低头看着我。"我要告诉你一个秘密。"她非常严肃地说,并一如既往地提起我的一只耳朵,"我还想看你跳舞。"

二十九

如果我有可以折叠的舌头，那我就能说人话了。我就会和艾玛琳对视，说：我也还想跳舞。爸爸妈妈随时都能把我们分开。所以，为什么不像我们计划好的那样，试着去赢下比赛呢？我们也许还有时间。我们也许可以做到。

"想要去旅行吗？"第二天，麦克斯说。他的声音不复以往的轻快。他把皮带扣在我的项圈上，我在热气中呼哧喘息。

盛夏时分，午后那深色的人行道灼烧着我的爪子。我不由自主地渴望回到二月，想念天空中飘落的美妙雪花。冰棒是此时仅有的好东西之一。我很高兴麦克斯养成了习惯，会把他的那份与我分享。

每当妈妈看到这场景，总是会说："你知不知道科斯莫的舌头都舔过哪里？"对此我了如指掌。它舔过厨房地板上的果冻，几分钟后又舔过我的后腿。我看不出这有什么问题。

妈妈和麦克斯常常争论。

"狗嘴比人类干净多了。"他说。

"科学证明，这是错的。"她说。

我们僵持不下。

我们四个慢慢开车穿过后面的社区，拐来拐去，直到来到一家杂货店。麦克斯把我的狗绳系在栏杆上，在我旁边的马路牙子上等候，小口喝着一盒柠檬汁。他把一个水盆移到我嘴边，水滴溅得到处都是。

"喝个够吧。"他心不在焉地说。

"我很快回来！"妈妈在我们身后大喊。她在门口停了停，把艾玛琳放到手推车里——她看起来还准备说些什么，但随即和艾玛琳一起消失在了杂货店里。那是我不允许进的地方。

我抖了抖身体，周围是一团蓬松的毛皮。我想，我有点儿惊讶，事情居然开始变得习以为常：杂货店、买冰棒和狗粮的妈妈、停车场里弥漫的潮湿雾气。距离爸爸开车离开，已经过去三周半了。电话越来越多。叉子和勺子被粗暴地丢进洗碗机里。但我们仍然有东西吃，妈妈仍然在做瑜伽，艾玛琳继续上着游泳课。日复一日，一切一如既往，但一切又全然不同。

我听到妈妈打电话的次数越来越多，说着一些诸如搬家、房子和离别的词。不过，我还在跳舞，还抱有希望。

太阳落山了。

我再次抖动身体，透过自己蓬松的毛皮，我看到了雷吉舅舅。他突然从店里走出来，在看到我们后，就停了下来。

"科斯莫！"雷吉舅舅说。

雷吉舅舅第一个发现的是我，我突然觉得很激动。他弯下腰摸了摸我，我注意到他包里塞的是塑料包裹的奶酪。我尽最大努力，表现出我只对我们的互动感兴趣，而不是他包里的奶酪。

雷吉舅舅指了指马路牙子上我身边的位置："我可以坐下吗？"

"请坐。"麦克斯说。

他蹲下身子,胳臂肘支在膝盖上。"我昨天打了电话,想问问你们是不是愿意上我这儿来。你们都还好吗?"

"唔……"麦克斯没有说下去。

我们沉默地等了片刻,人群推着购物车出来,朝他们的汽车走去。鸟儿在我们头顶飞翔,扇着黑色的翅膀。

"这种事情很难开口。"雷吉舅舅说,"我明白的,相信我,我真的明白。"他重重地叹了一口气:"你妈妈有没有告诉过你,我小时候和你一样?我对事物的感觉也特别敏感。"

麦克斯抬起头:"那你是怎么克服的?"

"克服?伙计,你不会想要克服的。敏感是一种恩赐,当你变得麻木不仁,世界才真正开始衰败。你得把它往好的方向引导。"雷吉舅舅将手放在人行道上,往后一靠。我舔着他的手指。"你这样想:一个好的舞者应该要全心全意去感受一切。"

麦克斯摇摇头:"但是,我……我不能再回去跳舞,不能回舞蹈俱乐部。"

"为什么？说真的，你为什么不回去？你在那里难道玩儿得不开心吗？"

"很开心。但是那天晚上在加油站……我做了一个糟糕的决定。你知道吗？要是科斯莫被那辆车给撞了，那我也失去了一半的灵魂。"

"但是它并没有被撞。"雷吉舅舅指出。

"可是就差一点儿。"麦克斯说，"从那以后，我常常想起这件事。这整件事……我差点儿就失去它……爸爸妈妈是真的要离婚。我只想让一切都停下，什么都不想干，不相信自己能做好任何事情。"

"你压力太大了。人在压力大的时候会做出不理智的行为，比如在半夜里逃跑，比如退出舞蹈比赛。"他轻轻推了推麦克斯，"但是我能理解。我过去常在我们排的士兵那里见到这现象。他们在多年训练中，经历了某些事情——也许他们见过朋友在执行任务时受伤，那种恐惧会令人丧失思考。有时候，什么都不做，假装无事发生，这的确更加容易。有时候，我们会情不自禁……但是麦克斯，你不想念俱乐部吗？"

"我……我猜我想。"

"你猜?"雷吉舅舅轻声问,"还是你知道?凭我的经验看,舞蹈俱乐部并不是我们生活中常会去的地方。科斯莫这样的狗,也不是我们生活中常会遇到的动物。所以,当它们出现时,我们有责任——有义务——把它们视为礼物。我知道事情并没有完全按照你的计划发展,尤其是在你试图逃跑的晚上,但这条狗是爱你的,我是爱你的,你的父母也是爱你的——多年以后,我不希望你回想起这件事时会懊恼:我当初应该跳舞的。"

说完,我们等待着。

我不知道我们在等什么,直到麦克斯叹了一口气。"不是我猜。"他说。汽车上方,太阳开始下落。"我想念舞蹈俱乐部,这不是猜测,这是事实。"

"那我们就应该去。"

"可是……"

"别担心未知的事情。"雷吉舅舅说,"去参加大赛,去面对未知。去吧,为了你和科斯莫的友谊。因为你们在一起是特别的。你们俩训练得真的非常努力,你们值得。现在,赶紧决定吧。离俱乐部的聚会还有十五分钟。"

"可是你买的东西……"

"别管了。有比奶酪更重要的事情。"

麦克斯忍不住大笑。然后,他看着我,迎上我的视线,做了一个深呼吸:"你觉得你可以信任我吗,科斯莫?"

我的爪子搭上他的手,告诉他我一直都信任他。

艾玛琳和妈妈过来时,我们解释了我们的计划。她们回家去冻冰棒,雷吉舅舅、麦克斯和我则直接去社区中心。奥利弗和埃尔维斯正在中心里小跑。"伙计!"奥利弗在停车场对面喊道,"欢迎回来!"时间太久了,我想,久到他忘了麦克斯的名字。但是到了室内,大家拥抱了我们。面条的主人拍了拍我的脖颈,埃尔维斯玩闹般地啃着我的嘴。甚至连牧羊犬都没有破坏这一刻——它只是眯起眼睛看着我,没有靠近,爪子牢牢抓着自己那一边的地板。

"你可以的。"麦克斯告诉我,我们摆着姿势,在即将精彩一跃前,我犹豫了,"你甚至不必去想它,只要大胆去做。"

他的胳臂颤抖着,我的四条腿颤抖着。但是我已经开始助跑,为了我们的友谊而跳,为了我们的努力而跳，为了我们现在这场表演所能决定的一切而跳——希望我们能获得电影角色，希望我们能在一起，希望我们的生活一如既往。

我成功跳出了舞步，我们成功跳出了舞步。

终于做到了。

那天晚上，我们在死巷里练习了舞蹈，看了一个有关雨林青蛙的节目，然后麦克斯刷了牙，一只手摸摸我的头，另一只手抓着牙刷。他躺在床上时，妈妈过来敲门。

"你睡了吗？"她问。

"你不需要一直跑来我房间检查灯关了没有，"麦克斯说着，背对她，"我又不是小孩子。"

她停在门口："至少，我们能谈一谈？"

麦克斯耸耸肩，被单下的肩膀抖了抖。

"我就当你同意了。"她盘腿坐在我身边的地板上，摸着我的耳朵，"我希望你有跟你舅舅好好聊过。他很爱你，也很担心你。但我想让你知道，你也可以来找我谈谈——只要你需要，只要你愿意，无论什么时候都可以。"

"我只是……"麦克斯轻声说,"我只是没想到事情会变成这样。它发生得太快,也太慢。我……我其实以为,每个人的父母都会吵架。"

"的确如此。只是有些人吵得比其他人更厉害。你爸爸和我——他变了,我也变了。"

麦克斯把脸转向我们,眼睛红肿:"但为什么爸爸一定要离开?为什么他不能,呃,不能继续睡在沙发上之类的?"

"因为我们没法修复我们的感情。"

"但是他也不必——也不必离开。现在一切都乱作一团,我们真的不知道将来要生活在哪里,也不知道……不知道科斯莫和我还能不能……"

妈妈皱起眉头,露出担忧:"不知道科斯莫和你还能不能什么?"

还能不能在一起,会不会被分开,最终是不是能开心快乐。

有些狗为了躲避危险或者痛苦,会把自己的身体缩得很小。我在麦克斯身上看到了这点,他把头埋得很低,下巴磕着胸口,开始抽泣。我从来没见过他哭得这么厉害——这么难过。

259

"哦,亲爱的。"妈妈说着,拥抱了我们俩。她也开始流泪。她用手腕抹掉泪水:"我真希望自己可以把我的整个人生、把我们的整个人生,全都规划好,让一切都完美执行。我知道你们现在有点儿害怕——因为一切都是新的、陌生的。但我可以向你们保证,有一件事永远、永远、永远也不会改变:我会一直爱你,我对你的爱有天上的百万颗星星那么多。"

"我——我对你的爱,有百万块月球岩石那么多。"麦克斯哽咽着说。我思考着妈妈的话——有关陌生、有关未知。我向来很害怕它们,害怕那些我看不见,或者不能完全理解的东西。但有时候,未知是躲不开的,我们别无选择,只能爪子先上,跳水试探,并相信自己最终会浮起来。

妈妈留了一会儿,给我们读《卡尔文与霍布斯虎》。最后,她关灯时,朝我的方向看了一眼,看着床尾隆起的一团金色。"你知道吗,"她说,"有时候,我很羡慕科斯莫。它只需要躺在那里,等待投喂。"

麦克斯闭上眼睛,声音逐渐消散在附近的黑暗里:"我以为你会很惊讶。"

那一晚，我们睡得很好。早上，我们在明媚的阳光里被乌鸦吵醒。距离舞蹈大赛还有三天。妈妈说，我们可以做任何事情——任何事情——只要我们想做。

于是，我们去发射火箭了。

在索亚公园里，麦克斯弯腰看着一堆乱七八糟的电线和绳子，严格要求我不许咬任何一根。他的手指是那么敏捷、那么灵活。如果我是条缺乏自信的狗，也许会十分嫉妒——他是怎么做到用拇指搭建这些的？美丽的拇指！

麦克斯接上最后一根电线，"咔嗒"一声关上金属门，往后退。"我不确定是不是能成功。"他说，"这比我在科学展上做的那个要大。"

"无论如何，我都为你骄傲。"妈妈说，她抓着艾玛琳的手，"我跟每个同事都说：我儿子要当一名宇航员。"

我们一起倒计时。十、九、八……

"发射！"麦克斯喊道。我们四个看着火箭起飞，一路射向天空——直到我们头顶只剩下蓝天白云。

三十

随着时间的推移,舞蹈者们形成了各自的独特风格。有些人跳得很流畅:他们能在地板上轻轻松松地滑行,有些人能以奇怪的角度迅速踢腿。我很好奇我的舞蹈会怎样发展,又会给人留下怎样的印象。我希望某一天,能创造出自己的标志性舞步。希望将来会有人说:跳个"科斯莫舞步"看看!

舞蹈者终将拥有自己的舞步。

我们用比萨庆祝火箭模型发射成功,因为所有成功的发射都应该庆祝。我忍不住吃了饼皮边上的几团纸巾,我忍不住……那天充满了无穷可能。

那天晚上,走最后一段路时,我和麦克斯停在了死巷里,任由夏天的微风从我们身边拂过。通过他手指的抽动，我能看出他是在练习手势，为我们的大型表演作准备。他身上带有紧张的气息，皮肤上出了一层薄汗。

"科斯莫？"在我准备在邮箱边撒尿的时候，他突然问道，"我知道我应该对我们的舞蹈有自信，我的确有——很有信心。我们学会了很多，我们比刚开始的时候好多了，但是……现在大赛近在眼前，那种感觉非常真实，不是吗？星期天，我们需要跳出我们最好的舞蹈。"

他低头盯着我，脑袋上是一圈鬈发。我告诉他，我想像英雄一样跳舞。如果每条狗都有走运的一天，那我希望星期天是我的幸运日。多亏现在天气暖和，我的爪子几乎不疼了，这是我近几年步伐最稳健的时候。

"最重要的事情是要把抓人眼球的亮点跳好。"麦克斯呼出一口气说，"其余的舞步不是重点，我们依靠的是那关键一跳，科斯莫。"

我知道。我知道我身上的担子有多重。

星期五晚上，我们反反复复地练习着。妈妈和雷吉舅舅花了好几个小时，用缝纫机给麦克斯制作舞蹈大赛穿的字母毛衣，让他看起来就跟《油脂》最后一幕里的丹尼一样，只有毛衣上的字母不同——"M"代表麦克斯。妈妈就像在万圣节时那样，对着光线举起衣服，询问我的意见："你觉得怎么样，科斯莫？"

我想法太多，很难决定。

不过，这件毛衣很漂亮。

星期天，我也要打扮得引人注目。关于我应该穿什么演出服，要做得多精致，他们争议很大。虽然我无法忍受万圣节的狗狗服装，但我认为，舞蹈需要发挥更多魅力。妈妈缝了一条人造皮革围巾，这样我也能像丹尼和麦克斯一样，成为"雷鸟"团伙[①]的一员。演出服里没有帽子，对此我很感激。

爸爸打电话来时，缝纫机仍然在隆隆作响。我可以听见他和麦克斯在另一间房间里说话：有关火箭发射，有关舞蹈大赛。我不确定星期天爸爸会不会来。显然，他搬去了一个人类称为"公寓"的地方。我从来没听过这个词，但根据麦克斯的描述，

[①] 《油脂》电影中男主角的帮派名称。

我想象着铺了油毡的地板、闪烁的灯光，还有狭窄的、转不开身的厨房。

"呃，"麦克斯说，"好吧，行，那到时候见。好的，好的，谢谢。再见。"

麦克斯挂断电话后，我跟着他进了浴室。马桶盖子关着，厕纸也被塞在角落，真讨厌。他在镜子前面试穿了他的字母毛衣，毛衣很容易从肩头滑落。为了达到完美效果，他用气味刺鼻的发胶把发丝往后梳，一头油光。他变身了！他是丹尼！

还有我的演出服——哦，我的演出服！当麦克斯把皮革系在我的脖子周围，我觉得自己充满了活力。通常，在七月四日[①]，我见到那些把美国国旗穿在身上的狗，是会嘲笑它们的。这样并不友好，但我就是这么做了。这是个圈套！我汪汪大叫，应该让你的脖子得到自由！

我真是大错特错。其实，狗的衣服很有魔力。

"你看起来棒极了。"麦克斯说。

我的新模样给了我无穷力量，那天晚上，我跟

---

① 美国国庆日。

着艾玛琳,半个身子爬进了浴缸里。她用肥皂泡给我堆了一顶"帽子",我试图去吃,但味道是苦的。我厌倦了呲嘴,咬上她的一只小鸭子,但鸭子的吱吱叫并没有哼哼先生那么响亮。

妈妈出现在门口:"我在想,科斯莫应该也要洗下澡。"

我无法否认,即便是对我自己,这味道都有些冲鼻……一般来说,我很少会想到要给自己刷毛,但对一名舞蹈者而言,关注细节极为重要。所以,第二天,我妥协了。在练完最后一次舞后,麦克斯在后院里给我洗澡,用额外的肥皂揉搓我的毛发,并用软管冲洗我。

"别动。"他不断地说。

我努力了。但大赛就在明天,我的神经高度紧张,所以,我抖了又抖,把毛弄得到处都是。每一秒都距离踏上舞台更近一步,也距离得到电影角色、距离证明我和麦克斯可以永不分离,更近一步。

在秋千旁,艾玛琳穿着一件蓝色的褶边泳衣,咯咯笑着,从洒水器下跳过。八月的烈日照耀着水浪。我汪汪叫着,一部分是因为洒水器在追逐她,一部分是因为这看起来很有趣。泥水聚积在我爪子周围,我挣脱麦克斯,全力奔向艾玛琳。

"科斯莫噢噢噢噢。"艾玛琳说着,张开双臂拥抱我。我们在草地上嬉戏转圈,试图用嘴去接洒水器喷出的水滴。麦克斯没有把我拖回去洗澡,而是加入了我们,这令我很惊讶。我们三个哈哈大笑,一直笑到太阳落山,蚊子出没。然后我们擦干身体,回家吃饭。

在夏日最后的暖风里,能这样和他们在一起,我觉得自己很幸运。我不确定明天会发生什么——不知道我们会不会赢,不知道爸爸妈妈是否能在那部电影里看到我们,不知道我们最终能不能在一起。但是此刻,我想我们是快乐的。

天黑以后,麦克斯拿出玻璃瓶,去抓萤火虫。波尔过来玩耍,迅速跳起,用牙齿去咬这些小昆虫。它抓了好几只,虫子卡在了它喉咙里,它大声喘息。为了艾玛琳,我没有再把任何一只萤火虫放进嘴里。尽管我的错在多年以前就被原谅了。

然后,车道上传来隆隆的轮胎声,车前灯照亮了草坪。是爸爸!他踏出车外,低下头,拥抱麦克斯和艾玛琳。他们浑身一僵，然后扑进他怀里。"谁想去吃冰激凌？"他问。

我简直不敢相信，我简直不敢相信他在这里。我仰面躺下，露出肚子，四腿在空中踢着。

麦克斯说："我们可以带上科斯莫，对不对？"

爸爸说："只要你愿意，做什么都可以。"

我们最后还是去了索亚公园的小摊，不顾我对牧羊犬的警示（它经常晚上去公园散步。我们怎么能如此大意）。麦克斯拿了草莓冰激凌，艾玛琳选了香草味的。爸爸说，他很想念我们。他非常想念我们所有人。艾玛琳在追最后一群萤火虫，甜筒在她手里摇摇欲坠。爸爸和麦克斯在一张木长椅上坐下。我在他们脚边喘着气，保持警惕。

"我不应该就那样离开。"在艾玛琳听不见的地方，爸爸对麦克斯说，"我想，你的年纪已经足够理解这事：父母也会犯错。那天我开车离开，是我错了。我应该留在附近的。"

"但你还是要离婚？"麦克斯问。

爸爸点点头："还是要离婚。但有些事情，我想让你知道。"他清了清喉咙，看着他碗里的巧克力冰激凌融化。"第一次见到你妈妈,我几乎都没法呼吸——她是那么美丽。我记得当时想,只要她能注意到我,我就是世界上最幸运的男人,更不用提嫁给我了。后来我成了你爸爸,再后来有了艾玛琳。这些……这些是我永远无法回报她的东西。这种爱并不会简单地消失,现在它只是变了。但它不会消失。"

麦克斯和爸爸相互看着彼此,用他们棕色的眼睛、温柔的目光,凝视着对方,让我想起了他们曾经的样子。过去他们常常大笑。在星期六早上,他们会一起看有趣的卡通片,主角是愚蠢的鸟类。他们会做成堆的华夫饼,然后去车道上投篮。我很喜欢追那些球。它们经常会滚到不方便捡的地方,于是我就成了一名探险家,追着它们前往未知的领域。

"你明天会来吗?"麦克斯问。

"我……我不想错过你们的表演。"爸爸说,"但我也要试着尊重你妈妈,我不确定她现在是否想看到我。"

麦克斯思索了一下:"我去问问她,如果她说没问题,你会来吗?"

"我会的。"爸爸揉乱了麦克斯的头发,"我爱你,小伙子。你不知道我有多爱你。"

"我也爱你。"麦克斯一边说,一边把他的甜筒尖端喂给我。

如果牧羊犬真的在那外面,埋伏在公园深处,我认为,它知道自己今晚不该露面。我认为,它知道我们很强大 —— 明天,我们将做好准备。

三十一

那一晚,我在床上辗转反侧。

"你也睡不着吗?"太阳升起时,麦克斯揉着眼睛问我。我们匆忙穿上演出服。我看着他照镜子梳头发,看着他用美丽的手抚平毛衣的褶皱。早餐时,他小口啃着华夫饼,我用鼻子把狗粮推来推去,在中间戳出一个洞,让他们以为我吃过了。但我的胃吃不下东西。每当我感到焦虑,就很难咽下食物,而且还会掉毛。现在,我周围飘着一团团的毛,麦克斯替我系上狗绳,我们长叹一口气,坐进小货车里。我打了个哈欠,想让自己冷静下来,但这没什么用。于是,我在心里演练起舞蹈。

为了这一刻,我们努力极了。

我希望这些努力是足够的。

"听摩城唱片[1]吗？"妈妈问。我不确定她是否完全明白，接下来发生的事情有多么重要。我和麦克斯将直面牧羊犬，直面未知的挑战。但是她似乎也有点儿慌张——反复梳理着一侧的头发。"听听唱片会有点帮助，带你进入恰当的情绪里。"

她打开音乐。我们开着车，伟大的歌手艾瑞莎·弗兰克林[2]在提醒我，我们的舞蹈值得 R-E-S-P-E-C-T。根据麦克斯的解释，这个词的意思是尊敬，而不是我之前猜测的浣熊。

艾玛琳咬着腮帮，看着高速公路上的车流："爸爸会来吗？"

"会来的。"妈妈清了清嗓子说，"昨晚我们通了电话，他告诉我，他不会错过这场表演。"她瞥了一眼后视镜："噢，我的天，科斯莫，你天生就该穿披巾！"

光线透过打开的窗户照进来，微风吹拂着我耳朵下方。我高高抬着头，尽量不去想万一我们要分

---

[1] 美国环球音乐集团旗下的唱片公司。
[2] 艾瑞莎·弗兰克林（1942—2018），美国流行音乐女歌手。

开，万一我和麦克斯输了这次比赛怎么办。但除此以外，我很难去想其他事情。于是我把头伸出窗外，试图沉浸在这扑面而来的美妙的风中。

车上的时间比我预想中的久多了，最后，我们开进了一个大停车场。我爪子底下踩着停车场粗糙的沙砾。现在，我们在另一个镇上，离家很远。我从来没有这么想念过社区中心，想念过熟悉的土地。我们周围全是陌生的人：戴帽子的人、穿同款T恤的人、拿着爆米花和汽水罐的人。我对狂欢节没什么经验——只在《油脂》电影里看到过，但这种氛围很熟悉。一切都是明亮的、嘈杂的，一切都在舞动。

"跟紧我，科斯莫。"麦克斯紧张地说。

"你去哪里签到？"妈妈问。我们跟着麦克斯，他在凭直觉带路：穿过聚集的人群，经过一只又一只精心打扮过的狗。我应该跟所有人问好，打招呼，但现在，我只能尽最大努力集中注意力。

"我不知道场地会这么大。"我们悄悄走进体育场时，麦克斯对我说。在过去的一年里，我太专注于跳舞了，以至于我从来没想到过——一次也没想到过——大赛究竟会在哪里举办。但麦克斯是对的：这里的露天看台大极了。八月中旬的烈日照耀着无边无际的足球场。

在登记台，麦克斯报出我们的名字时，艾玛琳捏了捏他的手。"麦克斯和科斯莫·沃克。"他说。听起来，我们像是一体的。桌子后面的女士朝我们露出灿烂微笑，递过来一枚徽章。麦克斯把它别在了我的狗牌上。他不断拽着毛衣的领口，仿佛领子太紧似的。

"很好，看来你已经把音乐给我们了。你是第四个。"桌子后面的女士说，"祝你们马到成功！"我猜，这是一种人类的表达，但有没有马，我并不介意。

"雷吉舅舅在哪里？"麦克斯咬着拇指指甲问。

"他应该已经在这里了。"妈妈说，她踮起脚，越过人群眺望着，"让我给他打个电话。"

"妈妈，"艾玛琳问，"我能吃爆米花吗？"

我可以感觉出现在麦克斯极为焦虑，他的眼睛几乎只盯着草地，草很硬，而且，非常、非常绿。

妈妈点点头，调整了一下肩上的相机包："当然,宝贝,但我们得先找到你舅舅。"

"如果你们想吃,"麦克斯说,"现在就可以去买。"

"别犯傻,"妈妈说,"我们会陪你一起等。"

"不用,真的。我……我和科斯莫得去热身了。在表演之前,我们至少要再练习一次。没关系的,我可以表演完来找你们。"

妈妈迟疑着,皱起眉头:"你确定吗?"

麦克斯说是的,他确定——我明白,他是想要几分钟的独处,想只和我待在一起。于是,妈妈亲吻了麦克斯光洁的额头,告诉他:"你会做得很棒。"艾玛琳说:"科斯莫噢噢噢噢,祝你好运。"她们穿过人群,朝卖爆米花的小摊走去。我试图记住她们一起走路的方式:一步大,一步小。

很快,狗叫声盖过了其他所有声音。

我们简单回顾了一遍舞蹈,专注于自身的演出,但是在我们四周,有各种年轻的、打扮得光鲜靓丽的狗,它们也在热身。它们跳跃着、旋转着、蹦跶着,跳过它们的主人,纵身一跃。

"它们很棒。"麦克斯说,他的话证实了我的担忧,"也许,我们应该把舞蹈再练习一次。"

"但首先,"雷吉舅舅在我们背后说,"你们需要看看我的服装。"我们转过身,看见了他——也穿着雷鸟团伙的衣服。他露出斗牛犬似的微笑:"小子,我到处在找你们。"

"你特意为我们穿成这样的?"麦克斯难以置信地问。

雷吉舅舅眨眨眼睛:"你觉得我不会?好了,关于这支舞……"

我们把完整的舞蹈又练了一遍,把每个动作都做得漂漂亮亮,雷吉舅舅在一边鼓励我们。"完美,"他说,"太完美了!"

就在比赛开始之前,奥利弗和埃尔维斯顺路来看我们,并祝我们好运。他们穿了一身绿,帽子上插着羽毛。"我们演《彼得·潘》。"奥利弗告诉我们,"你知道那首歌吗?《你可以飞》。"

我不知道。但如果埃尔维斯能取得这样的成就,我很为它高兴。

一个声音从喇叭里传出:"女士们!先生们!狗狗们!请所有选手们前往场地中央。"紧接着是欢呼声和尖叫声，还有面条那刺耳的吠叫声。哪怕是在人群中，我也能听见它的声音——还能看见它的身影，打扮成一头小狮子的模样四处乱窜，它的主人追在它身后。

就在这时，我发现了它：一大撮灰白相间的毛正朝我的爪子滚来。是牧羊犬的吗？在微风的吹拂下，它彻底飘到了我这里，我嗅了嗅鼻子。是牧羊犬！光是闻到它的气味，就令我勃然大怒。

"快点儿，快点儿！"喇叭里的声音说。

那个恶魔突然出现在我身边，领子上系着缎带。它看起来很冷静、很自信。我发出一声洪亮的咆哮，但它只是微微一笑。

"快点儿。"麦克斯说，他领着我朝场地中央走。雷吉舅舅在我们身后大喊："你们能行的！你们能行的！"

草叶在我爪子底下嘎吱作响。麦克斯又开始拽毛衣了，他鼻子上都出汗了。我用自己走的每一个步子、甩的每一次尾巴，告诉那个恶魔：我们很强大。

"欢迎大家！"喇叭里的声音说，"我们很高兴你们能来参加第一届雨天舞蹈协会年度犬类自由式舞蹈锦标赛!哇哦,这名字真拗口,不是吗?今天,我们这里有二十六只优秀的狗,大家真的都非常努力,所以,让我们给它们一些爱,好吗?"

观众们欢呼着鼓起掌,但我拒绝把目光从牧羊犬身上移开。

"请再欢迎一下我们的评委们。"喇叭里的声音说,"他们今天有一项非常重要的工作,因为你们知道,获胜的团队将出演电影角色!每只狗的表演时间大约为两分钟,如果你们可以把欢呼声留到每支舞的结尾,那就太棒了。现在,请所有人移步到边线外,只留下我们的第一位参赛者——梅琳达·罗杰斯和她的牧羊犬,彗星!"

牧羊犬?彗星?

我没想到它还有个名字。而且,这恶魔的名字也来自宇宙——就跟我的一样。这种可能性太令我惊讶了,我简直没法儿理解。我瑟瑟发抖,耳朵耷拉下来。在我们默默退到边线外后,雷吉舅舅问麦克斯:"嘿,那条狗是不是住在你们社区里的?"

它岂止是住在社区?它恐怖地统治了社区!它

是我们房子周围的祸害!

牧羊犬的舞蹈音乐开始了。起初很柔和,我立刻想起了这支曲子:《雨中曲》——来自我最爱的舞蹈电影之一。看到一部经典之作被如此玷污,我很是恼火。牧羊犬阴险地腾跃而起,肆意挥动着爪子。当合唱声越来越响,它颤巍巍地直立起来,站得高极了。然而,我得承认,这动作的确有几分优雅、几分纯粹。有几个瞬间,我为它的美丽所震撼,沉浸在它毛发的流动和挥舞之中。这是可怕的魔咒吗?牧羊犬肯定对观众、对我,施了一个魔咒。

歌曲进入高潮。两名评委在和着节拍敲击手指。我惊恐地意识到,他们中有一位,穿着和爷爷奶奶一样的、毛茸茸的毛衣。这位评委肯定站在牧羊犬那一边,策反他将很艰难。

歌曲结束时,人群肃然起敬。麦克斯拍着手,但我能感觉到他变得越来越紧张,眼睛水汪汪的。我们要怎样打败这条能像人类一样行走的狗?

"你们比他们更加用心。"雷吉舅舅在边线上告诉我们,仿佛他能读懂我们的心思。"别关心其他任何人,只要专注自身就好。自己做到最好就足够了。"

麦克斯咬着嘴唇,看向看台。"你还没有见到我爸爸,对吗?"

雷吉舅舅摇摇头:"他可能只是晚到了一会儿,小伙子。"

我注意到,他其实并没有真正回答麦克斯的问题。

接下来表演的是一只边境牧羊犬,然后是一只德国牧羊犬,但它们的舞蹈都没有第一只牧羊犬厉害。观众席里传来零星的喝彩,而我们则在等待。等待是最糟糕的部分。

"接下来,"终于,喇叭里的声音说,"让我们有请麦克斯·沃克和他的金毛猎犬,科斯莫!"

"加油,麦克斯,科斯莫!"妈妈双手拢在嘴边,在看台上喊道。

艾玛琳大叫:"你们可以的!"

如果麦克斯是一条狗,我相信他会大量脱毛。就在喇叭宣布之后,我闻到他掌心开始出汗了。他弯下腰,调整我的披巾:"我可以告诉你一些事吗?"

永远可以，我说。我拉近我们之间的距离，把嘴贴在他脸上。

"我觉得，比起其他所有人，我更喜欢和你在一起。"

我也是。

"你知道吗，我真的很希望我们赢，因为我从来不想和你分开——永远不想。但是……我也想让你知道，哪怕我们没有赢，我依然很高兴能和你一起出现在这里。我希望所有人都能看到，你是我最好的朋友。"他亲吻了我的头顶，我把身体坐直，坐得非常、非常直。

雷吉舅舅问我们："准备好了吗？"

准备好了，我们准备好了。

我们朝场地中央走去，在观众的掌声中，我们的心怦怦直跳。我竖起耳朵，一动不动地站着——静静等待——看到麦克斯的嘴一张一合，在说话。

"我很紧张。"他低声说。

我也是，我心想。

但是当音乐开始，我就沉浸其中了。我感受着，感受着我爪子的前进、拖动，感受着小草的弹性，感受着空气的浓稠。当麦克斯绕着我朝反方向转时，我开始做一系列优雅的旋转。世界逐渐变小，只剩下我们和音乐。

麦克斯打了一个响指，拖着脚朝观众们走去，非常精准地模仿了电影中的场景，我希望评委能看到这一点——我希望评委正在看我们——我们在一起，就是完美的荧幕搭档。合唱开始时，麦克斯把歌词唱出了声，之前排练时，他从来没这么做过。我真希望自己能把歌词理解透彻，能和他一起唱歌。哪怕加了歌唱的部分，他的舞步依然十分流畅、干脆利落。我们下腰、旋转、腾跃，动作一致，好让评委们明白我们是一体的。

在边线上，雷吉舅舅看得无比专注，在我倒退行走、翻滚、摇晃后腿的时候，不断点头。

"哇哦！"奥利弗喊道，埃尔维斯也汪汪地表示赞赏。

麦克斯在微笑，是真的在微笑。

跳到一半，我倾情投入，使出浑身解数，尽我所能地深入表演，专注看麦克斯模糊的手势。我突然意识到，我不需要非得英勇无畏。有时候，担忧存在于你的皮毛之下，恐惧喜欢藏在小角落里，但我的确相信，只要身边有对的人，就有可能勇敢地朝着未知迈进。

这就是我和麦克斯，这就是我们现在在做的事。

我们在向前迈步。

我们之间的这份连接将永远不变。未来的某一天，我们两个也许会分开——也许时间不会太久，也许只相隔几英里——但当我远远地看到他，我会一瘸一拐地走过去，他将抱住我的头，用他那双会做模型、种植物、优雅舞蹈的手，抱住我。

也许我的速度比其他狗慢，脚步比其他狗瘸——也许我的屁股没法像我们练习时那样移动。但麦克斯！麦克斯是个明星，我觉得他知道自己在发光，就像他在舞蹈之夜时那样。他的手摆动起来，宛如摇摆舞场景中的丹尼。他的脚比鸭子羽毛更加轻盈。我第一次见到他时，就知道他才华横溢。我知道我会保护他，执着地保护他。爱他，热烈地去爱他。

我会的，真的会。

我们在跳舞。

观众中,有一些人开始按着节拍拍手。我悄悄瞥了一眼妈妈,她双手紧紧捂着嘴。

当我们即将做大动作的时候,我的左爪疼了起来,肌肉也无比酸疼。但不管怎样,我还是开始跑动;不管怎样,我还是伸直了我的腿;不管怎样,我纵身一跳。麦克斯弯下腰,把胳臂伸向一边——而我没有跳过去。事实上,我还差得远呢。我的爪子擦过地面,身体撞上他的肩膀,把他往后撞。观众们倒抽一口气,一些评委皱起了眉头。

我们两个都踉跄了一下。但现在歌曲结束了,我们都必须鞠躬。我拼了老命才没有倒在麦克斯的脚边。

可是我已经尽力了,尽了最大努力。

"很好!"雷吉舅舅大喊着冲到场上拥抱我们,"做到了,很好!"

有一瞬间,我担心我们的舞蹈只打动了他一个人。但后来,人们纷纷站起来,所有人都站了起来,为我们把手拍了又拍。我知道,那不是因为我跳得很有技巧,而是因为我们跳得很用心。

麦克斯、雷吉舅舅和我——我们大笑起来。我们大笑着拥抱彼此，尽管没有任何好笑的地方，尽管我怕得不敢往看台上看。但我还是望了过去，他们三个都在：爸爸、妈妈、艾玛琳，他们站在一起。他们在一起跳舞。爸爸牵起妈妈的手，让她旋转。她灵巧地从他胳臂底下钻过，鬈发一跳一跳的。

我想起了《油脂》结尾时的一句台词。

我怎么会忘记呢？

"哦，看哪！哦，朋友们都在一起。"

三十二

三周以后,我们被银闪闪的房车包围了。麦克斯和我回到了舞蹈大赛的场地。不过,场地已经被改造过了:我们看到了折叠椅、照相机、扩音器和灯箱。一个真实的电影拍摄现场。

麦克斯笑得合不拢嘴,尽管我们的表演没有荣获大奖。据评委说,关键时刻的演出事故让我们扣了不少分,我们的排名快垫底了。但后来,一位戴着醒目的黑帽子的男士伸手拍了拍我们的肩膀,说:有魅力!你们的表现很有魅力!你们愿意一起来演电影吗?

这场比赛肯定是牧羊犬赢了。在接下来的四天里,它脖子上系着硕大的蓝丝带,在社区里昂首阔步地转悠。虽然我不是冠军——没有写了我名字的丝带——但我仍然为自己和麦克斯达成的成就而骄傲。我很骄傲我们来到了这里。

"我想,有人想打个招呼。"我们在场边安顿好时,麦克斯说。是牧羊犬,正试探性地,一步一步朝我们的方向走来。我们应该直面彼此,我想,彻底解决问题。

麦克斯隔着一段安全的距离,跟在我的身后。我大摇大摆地走过去,满心期待恶魔犬前来挑战。我竭尽全力大叫。

牧羊犬也对我吼叫。

然后,它做了件完全出乎我意料的事情:它鞠了一躬。这是个诡计吗?这肯定是个诡计!如果不是为了要把我掀倒在地,牧羊犬为什么会鞠躬表示友好?但是,它又鞠了一躬,调皮地往前一跳,吐了吐舌头。那亮晶晶的眼神是怎么回事?它灵魂中的邪恶呢?

我极为谨慎地接近了牧羊犬,拖着爪子穿过草地。它的下巴很放松,一缕缕的皮毛之下,是一双平静的眼睛,仿佛一只鹅也没有的池塘水面。

牧羊犬的主人走上前来,她穿着宽松的衬衫和有弹性的裤子,头发在耳朵附近卷曲着:"是时候该让你们两个见见面了。"她说着,在我面前单膝蹲下,手上的气味跟妈妈的鲜花喷雾很像。"我知道我会喜欢你的。"

她转向牧羊犬,蹭了蹭它的脑袋。

于是,我冒险去试——慢慢、慢慢地接近牧羊犬,直到我们鼻子碰鼻子为止。我舔了舔彗星的脸,它也舔了舔我的。这个举动消除了我们之间的所有隔阂。突然间,我们像小狗一样玩闹起来,在草地上疯狂翻滚。

"真是好狗。"彗星的主人大笑着说。

"科斯莫,"麦克斯补充说,"看起来你交到一个朋友。"

我的确交到了朋友。无论我年纪有多大,都在不断学习。这个世界仍然令我大开眼界。如果能决定自己的寿命,我愿意再活一百年——哪怕二十年也好,或者也行。我想看着麦克斯长大,看着他从学校毕业,拥有自己的房子。但愿我足够幸运,我们可以一起追忆往昔:怀念早餐时的火鸡培根,怀念那总是陷得太低的沙发垫,怀念夏日小雨中我们在死巷里的舞蹈。但我也满足于现状,满足于眼下的这些时刻——神秘变为熟悉,一切皆有可能。

就在导演说"演员们请就位!"之前,妈妈和雷吉舅舅出现了。在我和麦克斯走向场景中央,准备和彗星一起跳舞时,妈妈在我们身后喊了话。她的声音穿透了九月初的空气。

"记住!你们属于彼此!"

她在说那首歌。

她也在说我们俩。

我们做到了。我认为我和麦克斯做到了。

摄像机开始转动。起初,一切都很安静、很完美、很凝固——然后,变化来了:一系列流畅的舞步。麦克斯摇摆着、跳跃着、闪耀着。

这一点我很确定:他将永远这么闪耀。我们将永远拥有这一刻。秋高气爽、天空蔚蓝,在初秋的足球场里,在茵茵的绿草地上,我们两个做了舞蹈表演。有一天,当麦克斯像我一样垂垂老去,那些回忆仍然能打动他。他也许会在乘宇宙飞船的时候、购买麦片的时候,或者在一堆树叶里温柔玩耍的时候,突然停下来,任由我们参演电影的场景在他的回忆里展开。

他将轻声细语,说出我的名字。

第五章

尾声

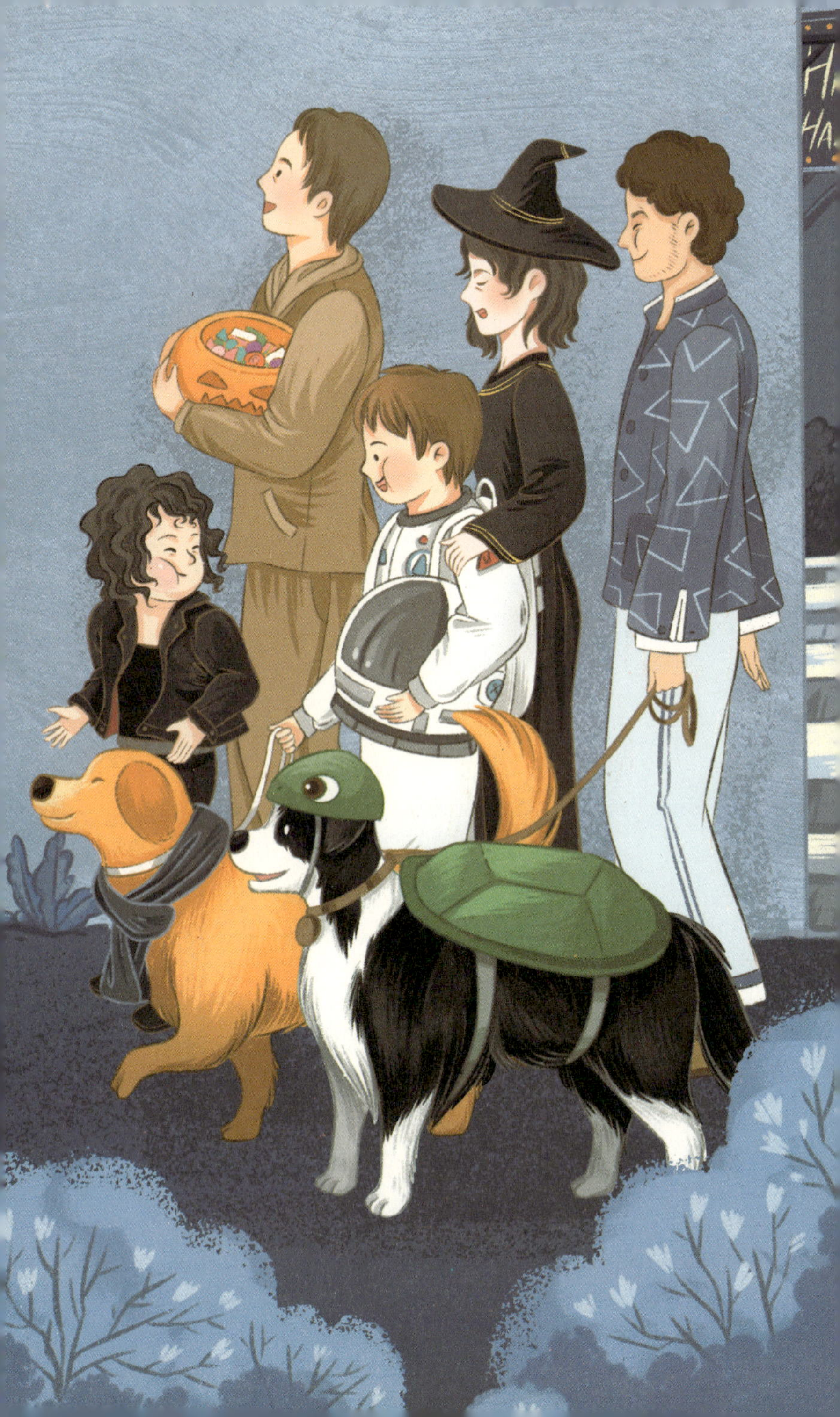

三十三

夜幕降临。手电筒的光迅速扫过地面。去年的万圣节似乎已经过去很久了,但我们再次来到了这里。我竖起耳朵,聆听死巷里,要糖的孩子们奔跑嬉闹的动静。在夜色中的某个地方,我的朋友彗星正在咆哮,它的声音不再让我觉得恐惧。

"瞧瞧你,科斯莫。"麦克斯对我说。他蹲下身,揉了揉我的脑袋。今年我不再是乌龟,又扮回了雷鸟,麦克斯则是一个宇航员。他穿着蓬松的白色套装,胳臂肘里夹着一顶头盔。我们完全就是自己应该成为的样子。

信箱边,艾玛琳在冲我们挥手,她打扮成了桑迪的样子:迷你皮夹克,头发蓬松得像贵宾犬。"我们会错过各种好吃的糖果的!"她一边说,一边把重心从一只脚移到另一只脚。

"我保证。"雷吉舅舅说,"这个社区的好糖果非常多。"他吹了声口哨,喊来他的狗罗西。它从松鼠灌木丛背后冲出来,背上绑着乌龟壳。它不像我这么鄙视这套服装——它甚至还戴了帽子。我们稍微玩了一会儿,在寒冷的院子里相互鞠躬。

"等一下。"麦克斯对艾玛琳说,"我们要等爸爸一起。"

妈妈点亮门廊上那盏奇怪的南瓜灯:"我不太确定你们爸爸是不是会……"

但她说了一半,没说下去,因为她看见车前灯照进了车道上。爸爸从车里走出来。据我判断,他扮演的就是他本人。"抱歉我迟到了。"他对所有人说,"路上太堵了。"

我朝他冲过去,用我最快的速度,尽管那其实并不怎么快。每次见到爸爸,我嘴边的毛都比以前更白[①]。但我很强壮。我感觉自己强壮极了。

---

① 这是狗变老的迹象。

"嗨，小子，"他说，"我很想念你！我们好些日子没见了。"

我们半周时间和爸爸一起住，另外半周和妈妈一起：共享监护权。我们所有人，全都在一起。在我们演完电影后的那天，妈妈保证，她永远不会把我们分开。"我用两个小指拉钩发誓。"她说。这话取悦了我。人类很重视他们的小指，我相信她的话。

艾玛琳拥抱了爸爸，然后又拥抱了我们所有人。"现在我们可以走了吗？拜托！我不想再收到葡萄干了！"

麦克斯说："我喜欢玛氏朱古力豆。"

于是，我们走进夜色之中。凉风吹拂我的毛发，我惊叹于我们周围满满的全是爱意。我们仍然深爱彼此。虽然我花了十四年的时间才弄明白，但此时此刻，无比确定这一点。我们永远是一家人。家庭会发生演变，但我永远是麦克斯的哥哥，爸爸永远是麦克斯的父亲。我们在各方面都有着或大或小的联系，这令我感到莫大的安慰。

也许，麦克斯感觉到我放慢了脚步，因为他转过身朝我看来。他一张脸神采奕奕："伙计，你能做到的。"

我跟着麦克斯,加快速度。

追着他——为了他——我觉得我可以永远跑下去。

(全书完)

图书在版编目（CIP）数据

我和我的人类朋友 /（美）卡莉·索罗西亚克著；朱其芳译. -- 北京：北京联合出版公司，2022.7
ISBN 978-7-5596-6189-0

Ⅰ.①我… Ⅱ.①卡… ②朱… Ⅲ.①长篇小说—美国—现代 Ⅳ.①I712.45

中国版本图书馆CIP数据核字（2022）第085982号

北京市版权局著作权合同登记 图字：01-2022-2479
Text Copyright © Carlie Sorosiak 2019
Cover Illustrations Copyright © Ben Mantle 2019
Copyright licensed by Nosy Crow Ltd.

我和我的人类朋友
I, Cosmo

作　　者：	[美]卡莉·索罗西亚克
译　　者：	朱其芳
出 品 人：	赵红仕
出版统筹：	慕云五　马海宽
项目监制：	孙淑慧
产品经理：	王利飒
责任编辑：	徐　鹏
封面插图：	本·曼特尔
封面设计：	悠　悠

北京联合出版公司出版
（北京市西城区德外大街83号楼9层　100088）
北京联合天畅文化传播公司发行
文畅阁印刷有限公司印刷　新华书店经销
字数134千字　880毫米×1230毫米　1/32　9.5印张
2022年7月第1版　2022年7月第1次印刷
ISBN 978-7-5596-6189-0
定价：39.80元

版权所有，侵权必究
未经许可，不得以任何方式复制或抄袭本书部分或全部内容
本书若有质量问题，请与本公司图书销售中心联系调换。电话：010-64258472-800